国家出版基金项目
NATIONAL PUBLICATION FOUNDATION

文学共同体书系·中国当代多民族经典作家文库

何平 主编

一个村庄的家

叶尔克西·胡尔曼别克——著

译林出版社

图书在版编目（CIP）数据

一个村庄的家/叶尔克西·胡尔曼别克著．—南京：译林出版社，2020.5

（文学共同体书系·中国当代多民族经典作家文库/何平主编）

ISBN 978-7-5447-8219-7

Ⅰ.①一… Ⅱ.①叶… Ⅲ.①中篇小说－小说集－中国－当代②短篇小说－小说集－中国－当代 Ⅳ.①I247.7

中国版本图书馆CIP数据核字（2020）第066577号

一个村庄的家　叶尔克西·胡尔曼别克/著

主　　编　何　平
出版统筹　陆志宙
责任编辑　魏　玮
装帧设计　韦　枫
校　　对　蒋　燕　王　敏
责任印制　颜　亮

出版发行　译林出版社
地　　址　南京市湖南路1号A楼
邮　　箱　yilin@yilin.com
网　　址　www.yilin.com
市场热线　025-86633278
排　　版　南京展望文化发展有限公司
印　　刷　苏州市越洋印刷有限公司
开　　本　787毫米×1092毫米　1/32
印　　张　7.375
插　　页　4
版　　次　2020年5月第1版
印　　次　2020年5月第1次印刷
书　　号　ISBN 978-7-5447-8219-7
定　　价　42.00元

走向“文学共同体”的多民族中国当代文学

何　平

“文学共同体书系·中国当代多民族经典作家文库”（第一辑）收入当代蒙古族、藏族、维吾尔族、哈萨克族和彝族阿云嘎、莫·哈斯巴根、艾克拜尔·米吉提、阿拉提·阿斯木、扎西达娃、叶尔克西·胡尔曼别克、吉狄马加、次仁罗布、万玛才旦等小说家和诗人的经典作品，他们的写作差不多代表了这五个民族当下文学的最高成就。事实上，这些小说家和诗人不仅是各自民族当代文学发展进程中最为杰出、最具影响力的代表人物，即使放在整个中国当代文学史亦不可忽视。

通常情况下，蒙古族、藏族、维吾尔族、哈萨克族和彝族的族裔身份，使得这些小说家和诗人往往被归于“少数民族文学”的视野框架内。不过需要注意到，基于当下中国文学生态场域的特质和属性，这些作家更应该在中国当代“多民族文学”之“多”之丰富性的论述框架中进行考察。毋庸讳言，受全球化和民族融合等时代因素的影响，中国当代少数民族文化与汉文化、世界文化的同质化愈发明晰，而多民族的民族性之“多”难免逐渐丧失；但另一方面，中华民族各民族依旧在相当程度上内蕴着独特自足的民族性，包括相对应的民族文化传统。在此前提下，我们需要思考：在今天的中国当代文学语境，蒙古族、藏族、维吾尔族、朝鲜族、彝族等及其他民族文学是否已被充分认知与理解？怎样才能更为深入、准确地辨识文学的民族性？

不管文学史编撰者在编撰过程中如何强调写作的客观性，文学史必然葆有编撰者自身独特的情感态度和价值立场，这当然会关乎多民族文学的论述。诸多中国当代文学史著作时常暴露出这样的局限：相关作家只有以汉语进行写作，或是他们的母语作品被不断翻译成汉语文本，他们才具有进入中国当代文学史框架范畴的可能性。事实上，如蒙古族、藏族、维吾尔族、哈萨克族、朝鲜族、彝族等民族都有着各自的语言文字和久远的文化和文学传统，至今依然表现出语言和文学的双向建构。当然，要求所有中国当代文学史编撰者都能够掌握各民族语言是不切实际的。且像巴赫提亚、哈森、苏永成、哈达奇·刚、金莲兰、龙仁青等拥有丰富双语经验的译者、研究者原本可以加入到中国当代文学史的编撰工作，然而实际情况是他们鲜少被当代中国文学史编撰所吸纳。这也就随之带来了一个问题：使用蒙古语、藏语、维吾尔语、哈萨克语、朝鲜语等各自民族语言进行写作，同时又没有被译介为汉语的文学作品怎样才能进入中国当代文学史的论述当中？

需要指出，中国当代文学的版图中，进行双语写作的作家在数量上并不少，如蒙古族的阿云嘎、藏族的万玛才旦、维吾尔族的阿拉提·阿斯木都有双语写作的实践。双语作家通常存在着两类写作：一类写作的影响可能生发于民族内部，另一类写作由于“汉语”的中介作用从而得到了更为普遍的传播。由此而言，中国当代文学史指向多民族文学的阐发，实质上是对于相应民族作家汉语写作的论述。而文学史编撰与当代文学批评面临着相类似的处境。假如中国当代文学史的叙述难以覆盖到整个国家疆域中除汉语以外使用其他民族母语的少数民族作家及其作品，那么中国当代文学版图是不完整的。

二十世纪八十年代作为“假想的文学黄金时代”，是很多人在言及中国当代文学时的“热点”：为何需要重返八十年代？八十年代给中国当代文学提供了哪些富有启发性的意义要素？但即使是在八十年代这样一个“假想的文学黄金时代”，蒙古族、维吾尔族、哈萨克族、朝鲜族等民族的文学也并没有获得足够的认知与识别。也许这一时期得到关注与部分展开的只有藏族文学，如扎西达娃的小说在八十年代深刻影响到了中国文学对于现实的想象，从扎西达娃八十年代小说创作所展现出的能力，他具有进入世界一流作家行列的可能。而鄂温克族作家乌热尔图在八十年代也给国内文坛带来了一种全新的文学经验，这也影响到当时寻根文学思潮的生发。而作为对照，我们不禁要问：现在又有多少写作者能如八十年代的扎西达娃、乌热尔图去扭转当下文学对于现实的想象和文学的地理版图？而时常被人忽视而理应值得期待的是，国内越来越多的双语写作者从母语写作转向汉语写作，成为语言“他乡”的文学创作者。长期受限于单一汉语写作环境的汉语作家，往往易产生语言的惰性，而语言或者不同民族文化之间的“越境旅行”却有可能促成写作者的体验、审视和反思。

当我们把阿云嘎、莫·哈斯巴根、艾克拜尔·米吉提、阿拉提·阿斯木、扎西达娃、叶尔克西·胡尔曼别克、吉狄马加、次仁罗布、万玛才旦等放在一起，显然可以看到他们怎样以各自民族经验作为起点，怎样将他们的文学“细语”融于当下中国文学的“众声”。党的十九大报告中指出：“深化民族团结进步教育，铸牢中华民族共同体意识，加强各民族交往交流交融，促进各民族像石榴籽一样紧紧抱在一起，共同团结奋斗、共同繁荣发展。”中国作为统一的多民族国家，它的文化景观（这其中当然包含文学景观）的真正魅力，很大程度上植根于它的丰富性和多样性，植根于它和而不同、多样共生的厚重与博大。中国多民族文学是象征中华民族悠久历史的文化标志，是国家值得骄傲的文化宝藏，与此同时，中国多民族文学在继承与发展的进程中逐渐成为中国文学，乃至世界文学的重要组成部分，他们所具有的民族身份在文学层面展现出了对于相应民族传统的认同与归属。因此他们的写作能够更加深入具体地反映该民族的生存状态与生活景象，为当代多民族文学的写作提供了一种重要范式。作为具有独特精神创造、文化表达、审美呈现的多民族文学，为中国当代文学提供鲜活具体的材料和广阔的阐释空间。

改革开放以来，原本相对稳定的民族文化传统和结构正受到西方话语体系及相关意识形态的猛烈冲击。具体到各个民族，迅猛的现代化进程使得各民族的风土人情、生活模式、文化理念发生改变，社会流动性骤然变强，传统的民族特色及其赖以生存的根基正在悄然流失，原本牢固的民族乡情纽带出现松动。相对应的，则是多个民族的语言濒危、民族民俗仪式失传或畸变、民族精神价值扭曲等。而现代化在满足和改善个体物质需求的同时，亦存在一些负面因素，如拜金主义、个人主义、享乐主义等等。上述种种道德失范现象导致各民族中的部分优秀文化传统正面临巨大的挑战，这也是各民族共同存在的文化焦虑。“文学共同体书系”追求民族性价值的深度。这些多民族作家打破了外在形貌层面的民族特征，进一步勘探自我民族的精神意绪、性格心理、情感态度、思维结构。深层次的民族心理也体现了该民族成员在共同价值观引导下的特有属性。从这个意义而言，多民族文学希望可以探求具有深度的民族性价值，深入了解民族复杂的心理活动，把握揭示民族独特的心理定势。我们常能听到一句流传甚广的话："越是民族的，越是世界的。"但假如民族性被偏执狭隘的地方主义取代，那么，越是民族的，则将离世界越远，而走向"文学共同体"则是走向对话、丰富和辽阔的世界文学格局的多民族中国当代文学。

目录

大 风

大风是从红叶布山那边过来的。

在那之前，红叶布山这边的彩色戈壁滩，像退去了海水的大海床，我脚下的乌伦布拉克冲积平原，从阿同敖包的山顶上，一直向大海床的床底延伸。南面一百五十公里是博格达山峰，北边一百五十公里是阿勒泰山，西边是准噶尔盆地，一层一层小山脊，好像大海凝固的波浪。我不知道，这波浪会远到什么地方去。一百五十公里？二百五十公里？也许，一千公里？我想过这个严肃的问题——一千公里，一定是可以到月亮上去的。

巨大的海床，深深的、空荡荡的海床，让我绝望。那升腾着紫气的干涸的海床，让我绝望！我站在这里，就好像站在一个巨人小小的乳头上。

我蹲下去，油菜地里矮小的油菜，就顶住了大半个天空。参天大树，向天空伸出枝干，松针般的叶子，像海底的红色珊瑚。只是，这些珊瑚已经在几百年前死去。只留下阳光，透过海水，滑溜溜地照在上面。那是一种做梦的感觉。我根本没有见过大海。

我站起来，油菜地里矮小的油菜，又铺在了乌伦布拉克干涸的沙石地上。油菜像野地里的沙葱，稀稀拉拉。听牧人说过，沙葱是给羊吃的。哈萨克语，把沙葱叫“羊葱”。前不久，王老师曾带着我们去拔沙葱给场部食堂，回来，王老师又命我们写拔沙葱的作文，我就把沙葱写成了“羊葱”，王老师就笑我。王老师说，你这个孩子总是这样丢三落四，怎么可以把“洋葱”的三点水给丢了呢？你知道，你改变了什么吗？如果我说，你把历史改变掉了，那我们两个人，肯定是背不起这黑锅的。不是“羊葱”，是“洋葱”！“洋葱”是外国进来的，在汉字里，只要带上了三点水的名词，大多是外国进来的。比如“洋芋”“洋火”“洋车”。王老师笑说，他们在上海的时候，下馆子吃饭，叫“开洋荤”。这些词，带一个“洋”字，就说明它们是从海上过来的。而你却把“洋葱”写成了“羊葱”，这是错字。况且，我们的作文是写沙葱，不是“洋葱”，所以，你写的就更是错字了。

但，这些矮小的油菜，在我眼里，确实是像羊葱，是羊吃的葱。听牧人说过，开春的时候，羊吃了羊葱，特别是那些出生不久的羔羊，吃了羊葱就会很快上膘，就像出生两个月后的婴儿。

而眼下已是八月。紫色的羊葱花早在一个多月前落下花籽。花籽散落在沙石丛中，只要风吹草动，它们就会被刮到天上去。

我站在油菜地里。

我是在正中间的一个。有人已经拔到我们前边去了，有人落在我的后边。王老师说过，这块地，我们要今天上午全部完成。究竟要拔多少亩油菜，我说不清楚。我只知道米，不知道亩为何物。我们要用手把油菜拔下来，一簇一簇地拔，然后交到场里去，那是王老师特别交代的。她说，油菜一定要用手拔，一定不能用镰刀割。乌伦布拉克是一个没有水的地方，油菜籽已经干了，个个像小小的玛瑙石，手劲儿大一点，就会滑落到沙土里去。

我确实是在中间的一个。我永远是这样一个人。一个高不成低不就的人。最前边的黑子，永远是我们中最强的一个。最后的瘦子，永远是我们中最弱的一个。我回头，看见了他那两只长长的胳膊，软绵绵地向前伸，然后向后拉，好像油菜地里舞蹈的章鱼。我知道，他不会超过我，永远不会！但，这对我并不是一件好事情。站在八月的太阳下暴晒的时候，你是不会希望看见别人落在你后边的。最好，所有这些在油菜地里拔菜的人，都把我忘掉。或者，他们把我当成那一条小章鱼。小章鱼？我见过吗？没有！那都是大海里的东西，我怎么可能见过的呢。我甚至没有见过一头洋葱的生长，怎么可能见过一条章鱼呢。我知道世上有章鱼这种生物，还是在王老师的日记本里。那本子有插页，插页上是海底的动物，海螺、贝壳、章鱼之类。那是一些形象怪异的动物……

我听到了王老师的喊声。她大概是在催我快往前去，不然，就晚了。我果然看见了她。她就站在两个田埂远的地方。头上有草帽，草帽外还有一块白色的头巾，像一个十足的渔民。王老师的喊声，打走了我脑子里章鱼的影子。无奈！乌伦布拉克这个地方，这块曾经的海床，是一个让人胡思乱想的地方。会让一个根本没有见过大海的孩子，脑子里充满了关于大海的想象。是的，一条章鱼，一只死贝壳，甚至一具恐龙的巨骸。好像把时空镂空了一样。

王老师又向我挥了挥手，穿着她淡粉色的衬衣，还戴着白色的棉线手套。我听人说过，她爸爸是一个资本家，很有钱！我看见她向我挥手，还向红叶布山那边的天空指了指。我就看见红叶布山那边的天际上，一线白云像大海的泡沫，从东向西横贯过去。

我就蹲下了。油菜山高过了天空，向高空伸展着它们松针一般的枝叶。那枝叶里，满是成熟的油菜籽。我摘下了一枝，用拇指和食指一捏，“松针”裂成了两瓣，像两条木头做的小木舟。木舟里是黑而油的油菜籽。只是，有一些还青着，没有黑透。我就想到，那黑透了的，一定是我们的黑子。青着的，一定是我们的瘦子。那在中间的，毫无疑问，就是我了。

我永远是最中间的一个，一个高不成低不就的人。这是我的宿命！

剥开了油菜，又能怎么样呢？什么也没有，只是油菜籽而已。我把菜籽随手撒在地上，它们就与沙土融为一体，只有那两片小木舟浮在沙土上。但很快，它们就将把身体蜷起来，然后，彻底干掉。

要向前去了。

我拔下了油菜，听到了油菜籽们在它们的小木舟里发出的声响，哗啦哗啦的。那是一种令人感到愉快的声响，齐刷刷地碰着人的耳鼓膜。然后，你就会想，动作轻一点，轻一点，不要把它们碰掉。

但是，这是一件苦差事，尤其，对我们这样低年级的孩子是苦差事。中午的热浪已经从油菜地里向上蒸腾。一只七星瓢虫飞来，爬到一根油菜顶上，打开花色的铠甲，露出黑色的翅膀飞走了。它是横着飞走的。在起飞的时候，还在空中晃了晃，好像差点要掉下来。看着它飞去，我想最好能来一场雨！好让我们也回到地窝子里去。

我向前去。

我看见了一簇紫花蓟。它正在这炎热的中午让自己浓彩重墨，把它满是硬刺的紫色碎花，向热浪中伸展。它是一朵多么令人讨厌的花，我们甚至不能把它连根拔除掉。因为，它会伤害我们的指头。但是，一只青青的小虫却躲在它带刺的枝叶下，让它枝干的阴影落到自己的身上。太阳晒到身上的时候，小虫就会挪动它细小的白足，把身子移到阴影里去。而那顶多是一分钟的事情。它要在一分钟里，不断移动自己，而那棵讨厌的紫花蓟也总会给它留出一片阴凉。

我向前去。

几只绿色的苍蝇在油菜地里，飞来飞去。一会落在油菜上，一会落在地上，一会又落在我的头上，手上，甚至脸上。

我向前去。

但是，前进让我绝望。我想，自己是一只七星瓢虫，或者一簇紫花蓟，或者几只苍蝇，应该是一件好事情。最差，也应该是后边的那条“章鱼”。事实上，“章鱼”已经与我只有不到两米远。我能听到他拔起油菜时，连根带下沙土的那种沉闷的声响。

我又听到了王老师的喊声。我就站起来。当满地油菜在眼前矮下去的时候，我却看见了一堵黄色的土墙，堵截了整整大半个天空。

王老师小小的身影就站在油菜地的尽头，风吹起了她白色的头巾和粉色衬衣的衣角。她指指我们都已经看到了的天空，自己的声音却被风吹走，好像一个在梦里说话的人。

天空黄沙滚滚。低矮的油菜和紫花蓟、狗娃草、芨芨草，还有那边胡萝卜地里绿绿的萝卜缨子，全都倒向东北方向的大山。有风车草被风吹过戈壁，它飞快地旋转，跳起，落下，又跳起，又落下，向东北方向去。一些飞虫横过我的面前，向东北方向去。远处几头牛，几匹马，也把头转向了东北方向。然后，就是人，从油菜地里跑来的人们，一只手压住帽子，另一只手，压住衣领或衣角，他们也向东北方向去。有人跑过我的面前，指一指东北方向，大概在说，快，跑呀，你也应该向那边跑。我就回头，看见了“章鱼”，他正大踏步向东北方向去。有人跑过，又有人跑过。他们不顾脚下的油菜。王老师说过，不能碰坏这些油菜。但是，他们却碰坏了油菜。有些油菜被人脚压倒了，烂掉了，籽儿散落在沙土里。小小的两瓣木舟，露出精致的白边。但是，它们也向东北方向飞走了。然后，我就听到更多的油菜籽在它们的壳儿里，发出哗啦啦的声响。大概，它们也想到东北方向去。

有人跑过我的身边，是王老师。她的一只手压着帽子，帽子压着额头，头发盖住了脸，另一只手压住了鼻子，好像怕把毒气吸进鼻子里。我喊她的名字。但是，她没有听见。我想问她，为什么？为什么，你们，还有这些动物，那些虫子，还有这些草，都要到东北方向去？那边，究竟有什么？但是，王老师头也没有回，径直从我眼前过去了。我分明看见，她精致的小脚压坏了几簇油菜，有油菜籽粘在她灰色的裤管儿和白色的袜子上。我想大喊，王老师，你带走了油菜的籽儿。但是王老师根本没有听见我的声音。我看到她的身影在“章鱼”后边，越跑越远。一簇风车草从她的身边跳过去。

我就又回头看了一眼那堵黄色的墙。

大半个海床已经完全没在黄沙中。那些凝固的海浪已经不见踪影。红色的叶布山也被淹没了。黄尘就在我的面前。我甚至可以听见一些沙粒掉在地上的声响。不，准确地说，是打在油菜籽上的声响。突然一击电光，从黄色沙尘中向海床的底部劈下来。然后，斗大的石珠落下。又一击电闪。

就有人在我耳边大喊——站在那里做什么？你不要命啦。

这是父亲的声音。我回头向他的声音传来的方向看。果然看见父亲骑着一匹马，站在刚才“章鱼”拔油菜的那个地方。父亲的马快步走向我，一弯腰，把我从油菜地里拉起来，放在他的鞍前。然后，我们掉头，也向东北方向奔去。一簇风车草在离我们不远的地方，与我们并驾齐驱，很快翻过了一座小岗。我们的马踩散了已经扎好堆的油菜。几簇讨厌的紫花蓟被我们的马压掉了紫色的刺花。但是，我们的马，连同我自己，也已经被巨大的沙尘暴压在下边。

那是一种洪荒漫盖大地的感觉。一瞬之间，万物皆荒。

只是，到后来的很长一段时间，我还是闹不明白，就在那天，当黄暴到来的时候，为什么天下所有的生灵，都选择了东北方向？

后来，听人说，从那次黄风经过之后，每年，在乌伦布拉克至博格达峰一带的将军戈壁上，总有一些野生的油菜花长出来。它们生长在路边，芨芨草丛，白碱滩岸，或随便什么地方。就像，偶尔路遇的向日葵一样，一棵，两棵，三棵，总有属于它们自己的地方。就像世世代代野生在这一带的紫花蓟一样。

多年前
飘过的一片云

那时候，我们家早已搬到了那个牧业队上。每年春天，那个黄头发姑娘的家就要转场，住在我们家东面的一座小山坡上。那座山坡不高，像一个土丘，人只要跑几步就可以爬到上边去。我们家住在那排房子最东边的一间。每天早晨，太阳先照亮那个山坡，那个山坡的影子投在我们那排房子上，从西头一点一点移到东头。移到我们家门口的时候，山影上总要出现一个劈柴人的影子。我们抬起头，迎着满天的曙光向山坡上眺望，就准能看见那个金发姑娘的剪影。

四月底的一天中午，我看见那个金发姑娘挑了一担水从南边的山坡上走下来站在路边休息。那个时候，红日中天，天空闲云飘浮，空气中有微风躁动。她在路边站着，看见了我，然后向我挥了挥手。于是，我踏过芨芨草丛，向她那边走去。见我走向她，她就放下扁担，坐在路边的一块小石头上。

我走到她身边的时候，看见水桶里的水还在晃动，掉在水里的云随着波纹时聚时散，平静不下来。有几滴溅出来的水珠掉在地上变成了几个小泥球，一只形象丑陋的小昆虫像披了一身迷彩色的坦克急速地横穿小路，从一边的正在萌出地面的小草丛奔向另一边的小草丛。在那些小草丛里，有一些精致的小叶子正迎着太阳。

我在那里站了好半天，她也没有理我，只顾捣鼓扎在手上的一根刺。我说你叫我干什么。她这才抬起头来，向我投来忧郁的目光，指了指她自己的手说，这里扎了一根刺，你能不能帮我把它拔出来？我说，那有什么不可以的呢？于是，我从我的衣服上取了一根用来充当纽扣的别针，操作起来。

这个时候有一股小小的山风像一股打在礁石上的海浪，在我们的身上打了一个旋涡，而后又拂过我们的脸。我看见她的黄头发随着微风动了几下，这样，我便抬起头向空中看了看。一朵行云正走过我们的头顶，蒙住了光芒四射的春日。在我们的西边，它投在地上的影子，像落在水面上的一片树叶，被风吹动，从一座很高的山上飘下来，抚过我们的身体，翻过东边的山冈不见了。然后，又一阵山风吹过旷野。

那根刺正好扎进她右手中指的指甲盖里，很粗，而且留着一个很结实的尾巴，用别针碰它，可以感觉到它有点坚不可摧。

我问她是怎么回事。她就说是早晨劈柴不小心扎进去的。她说那块木头不但很硬，而且还长着很多节子，斧头夯在里边，好半天也拔不出来，这样，我就不得不用手把它掰开，可那也不容易，它简直活像一块橡皮，又犟又笨，掰开了，又要收回去。我正忙着，我妈叫我说奶锅漕了，我一着急，这根刺就扎在手指上，都半天了，疼得很。

我一边听着她的陈述，一边捏紧了她的手指头，用别针的针尖挑住那根刺的尾巴，一下，两下，三下，大概挑到第八九下的时候，那根刺才像一个拴牛犊的木头桩子被小牛东拉西扯那样松动了，人只要用两个手指尖一掐，就能够拔下来了。这期间，她一直忍着，咬住自己的下嘴唇，直到见刺松动，她的牙齿才放开了下嘴唇。我看见她下嘴唇皮肤下的血色白了一下，很快又恢复了红润。那感觉就像刚才从我们身边飘过的云影，晃了一下不见了。她说，现在可以了，你尽管用手把它拔出来就是了。这样，我就把别针又别在我的衣服上，然后用拇指与食指将刺的尾巴夹住，拔了下来。那个时候，她的伤口已经染了一些血迹，但那根刺却干干净净，像刚从木头上取下来的一样。其实，这一点也不矛盾。它从木体到人体，不过是从一个生命之躯到了另一个生命之躯罢了，对它来讲，并没有什么区别。

我把刺还给了她，她就拿在手上看了一会儿，然后，顺手扔进风里去。

几天后，我又看见她挑着一担水从那个山坡上走下，在那个地方休息。那天，万里晴空，没有一丝云。空气中弥漫着一股浓浓的烟味，烧的大概是骆驼刺。我站在太阳地里，寻找了半天也没有找到那股浓香的源头，却看见了她。她显然也看见了我，正朝我挥手。我像那天一样走了过去。我说你的手好了吗？她说几天前的事，早好了，也早忘了。我说那你叫我有什么事？她有些矜持地说我想请你看一样东西。我说在哪儿？她说在我家里。我问是什么？她说我本不该告诉你，但又很想告诉你，这样吧！去了你就知道了。然后，她挑起了担子，迈开了步子。我看见水桶里的水开始晃荡起来。

我们挑着水上了小山坡，进了她家的毡房，她已累得上气不接下气。我们走到她家门前那一小片散落着碎木屑的柴堆旁的时候，一条体格很大的黄狗跨过一把斧头，慢慢走过来，欲闻水桶。她就骂了一句，滚吧！你这条狗。她还想说什么，可气已经接不上来了。我看见那把斧头的木柄又光又亮，而且把手那块还有点细，显然已经用了很久了。

她把水桶放好的时候，正好是正午时分。太阳光从毡房的天窗洒下来，掉在她家的被垛上和被垛下铺在地上的花毡上。我看见那个被垛像一堵彩色的墙，码放着五颜六色的被褥和漂亮的绣花枕头，而一地花毡更是五彩缤纷，看上去，墙上墙下生机盎然，绿叶红花，特别好看。她家的火塘里有一些没有烧完的柴禾，旁边还有一些骆驼刺，放着一个小小的净壶。净壶虽被擦洗过，但壶盖上还是落着几点柴灰。大概是某个湿柴禾燃烧的时候迸到上面去的。

她把被垛上的被子拿下来一个，又拿下来一个。我问你家的人呢？她说，他们去参加舅舅的婚礼，留下我一个人在家。我说，哦，是这样。然后，我就看见她从一个有刺花绣套的箱子里拿出一块很大的丝质镂花头巾，说，你见过这个东西吗？我看了一眼，又把头巾的一角放在手上，说，没有。她又问我你知道这是干什么用的吗？我说不知道。她就说，你连这个都不懂，也太无知了，我像你这么大的时候，就已经知道了，这是女孩子出嫁的时候披在头上的东西！听了她的话，我突然感到一股热流穿过我的身体，一直冲到我的额头上来，心里怦怦跳起来——我真是有些激动，这大概是我有生以来第一次对“出嫁”这个词有如此近距离的感知，那股感觉真是微妙极了，就好像这事跟我有千丝万缕的联系一样。多少年后我想，一个女人的自我意识也许就是在那一刻开始在我的一生中萌芽的。直到现在，只要谁提起这个词，我依然能感觉到那个中午的那一缕阳光，那股弥漫在空中的骆驼刺香，和那个金发姑娘棕色的眉毛，黄色的睫毛，粉色的嘴唇以及她那一双宛若深潭的蓝眼睛。

我可能看她看得有些发呆。她推了一下我，就像要把我从睡梦中叫醒。然后，她就把头巾披在自己身上，头上，又取下来，对我说，我要出嫁了，我母亲将把这块头巾送给我。

这个时候，有什么东西在门口出现了，我扭了一下头向那边，见是那条大黄狗又出现了。它站在门外，卷着尾巴，盯着我们，像一只老虎。它后边的柴垛上晾着的一件衬衫，被风吹起衣角，另一块不大的白布被风掀掉了，落在地上。

我心里乱乱的，说不出是什么滋味。我说，那你什么时候出嫁呢？她说，不知道，或许用不了多长时间。我们正说着，那条大黄狗又走开了。她没有回答我的话，却骂了一句，你不知道，我有多恨这条狗！

听着她的话，我心中竟也对那条狗萌生出一点仇恨来。但我没有再注意它，而是把心又放在那块头巾上。这个金发姑娘多年前让我看过的这块头巾，对我的一生产生了多么重要的影响，别人是无法知道的。随着时光推移，它的意义已远远不只是在那个阳光灿烂的正午，而更多的是在我和许多女孩子一样青春勃发的岁月。因为，接下来发生的一些事，使我在以后的日子里，只要听到有人提起“出嫁”之类的词，就把我自己蜷起来，像一只假死的刺猬，或一只假死的虫子，以至于一些朋友以为我是一个不太好接近的人。他们敲我的窗户，又敲我的门，或站在阳光地里大声地告诉我说，看！这外边的春色多美，快走出你的那间小屋子，跟我们去歌唱春天吧！然而，他们越是那样喊叫，我越是觉得自己离春天很远。尽管我也像他们那样热爱我们的春天，但我不会表达自己，结果始终没有看清楚过那些朋友的脸，没有能够看清楚他们的头发、眉毛、眼睛、鼻子和嘴巴。在我的印象中，那些脸就像一个个梦中之人，说不认识，分明见过面；说见过面，却分明又不认识……

那件事是这样的。有一天，我看见一群山羊在一座山上吃草，便很自觉地向羊群里看了看，检查一下我们家的山羊在不在其中。这是我常做的事。比如，我挑水走过一条小路时，必定要向小路旁边的山上望一眼，看有没有我们家的羊；又比如，我拾着柴禾爬上一座不高的坡，也要看看某一条沟里，或某一个梁上有没有我们家的山羊。这样，时间长了，我就像许多人一样，脑袋里分离出一部分脑子来，专门负责管理这一类的事。那天，我下意识地向那座山上看了一眼，就看见我们家的山羊领着它的山羊羔子，简直把我吓蒙了。我知道，这下，我们家的晚餐肯定又要没有奶茶喝了。我气急败坏地跑上山，恶狠狠地把它们母子打散，然后，坐在山上面向午后西去的太阳地里想这件气人的事——我免不了要挨骂了。可就在我坐在山头上发呆的时候，远远看见在我左边山脚下的小溪旁有两个人拉拉扯扯，仔细看，像是在吵架。我认真分辨两个吵架的人是谁，竟认出其中一个是那金发姑娘，而另一个是一个男人。她正向那个男人说什么，情绪激昂。

在他们一边的小溪旁，有两只水桶，还拴着一匹马。他们争执的时候，小溪一如既往地从乱石丛中哗哗流过，而小溪旁的那条小路，也一如既往地在小溪边沿着我脚下的那个山体，绕过一个弯，从左侧的山溪绕到右侧我们家的那一边。在我的头顶上，一只山鹰飞过我的山梁，从我们家的那一边飞到山溪的这一边，落在一块白色的石头上。过了一会儿，那个与金发姑娘说话的男人说了些什么，转过身，骑上马，走了，连头都没有回一下。然后，那金发姑娘就在溪边站了很久，最后，挑了水，悻悻地走上了回家的路。我想知道发生了什么事，便迅速向右跑下山，站在她常休息的那个地方。我想知道，发生了什么事。

等我跑到那个地方的时候，她的身影已出现在那个山梁上，然后一步一步走近我，在那地方停下了。她显然哭过，眼睛红肿着。我记得那天是一个阴天，远处，灰色的云雾锁住了高高的山头；近处，几只黑色的燕子飞快地掠过离我们很近的天空；东边的山沟里，一些奶牛头朝着回家的方向，在风中甩着尾巴。我问她有什么要紧的事吗？她像是一个心里窝着火的人，说我能有什么事？我又问刚才与你说话的人是谁？她看了我一眼，说你怎么知道？我指了一下那座小山，说刚才我就在山上。她看了那山一眼，说，那我告诉你，你知道我家的那一条黄狗吗？那个人就是那条狗，是一个十足的恶棍，如果老天有眼，会惩罚他，戳瞎他的狗眼，然后叫他灰飞烟灭。她还说了好多咒人话，除了叫那人“灰飞烟灭”，还有就是咒他“随西沉的太阳灭亡”“凡他生活的地方永远不要长绿草”“让苍蝇爬满了眼睛，腐烂掉”，等等，其他我已记不大清楚。后来我才知道，这些咒人的话是很可怕的。你想，咒一个人生活的地方不长草，是什么概念？

那天，我感到她十分神经质，一点也不像先前给我看头巾时那样贤惠。等发泄完了，她又突然显出一份无奈的样子，央求我道，这件事，你可不能告诉别人……而且……你一定要明白，以后你也会长大，你必须学会远离当狗的人，懂吗？

我似懂非懂地听着她的话，很认真地点了点头。

然后，空中就下起毛毛细雨。一片白色的云雾从西边的山沟飘过来，盖过了我们。她挑起水桶向前去了。在离我不远的地方，我刚刚赶下山来的小山羊回过头来看着我们，琢磨刚才我们说的话。

那以后，我差不多很少听到金发姑娘在门前劈柴的声音了，也很少见到她挑水从南边的山坡上下来。取而代之的是她的母亲，或者她的父亲，或者她的兄弟姐妹。除了这些日常的活计之外，他们家的人好像一夜之间离开了人群，不串门，不走动，不说话。唯有他们家的那条大黄狗偶尔跑下坡来，在离我们家不远的一堆垃圾上捡人家扔掉的骨头，然后趴在某个墙角下咔嚓咔嚓地啃，直啃得人毛骨悚然，起一身鸡皮疙瘩。听一些老夫人议论说，金发姑娘恐怕以后没脸再见人了，天哪，这姑娘可真能瞒住大伙的眼睛，都五个月了还没有人知道。有位老夫人甚至警告像我这般大的小姑娘们，说以后远离她那种人。

但是，她们越是这么说，我越是想去看个究竟。于是就编出一些谎言借口去看过她。比如，我母亲找不到剪刀的时候，我就谎称可能被坡上的那户人家借走了。然后，就跑上坡，绕开那条大黄狗，掀开他们家毡房的门帘，在不多的几个人中寻找她的踪影。我说，你们家借了我们家的剪刀吗？他们家人肯定是一脸狐疑，你看我，我看你。我说，是那天大姐姐借的。这样，她母亲——一个表情很冷淡的女人就向那个彩色被垛下的一个小棚子轻轻地问了一句，那棚子下就露出那个金发姑娘的脸，她说，没有，我没有借你家的剪刀，你可能记错人了。她说着，走出那个小棚子，站在她母亲的后边。我看见她的那张脸已经变得憔悴不堪，身上穿着她母亲的一件棕色的上衣，衣领松松垮垮挂在肩上。我这才看清了她身体发生的变化，已经不是过去的那个她了。

我傻傻地看着她，忘了自己编的谎言，与我的状态相反的是，火塘里的火很热情地燃烧着，充满了生活气息，有一根柴火噼噼啪啪地响了一下，蹦出几个火花，熄灭了。

那以后，我再没有别的谎话可编，就不再有机会去她家了。又过了一些时间，金发姑娘的家搬离了那个高坡。那天，我和几个小姑娘爬上他们家住过的那个高坡，目送他们一家离去。我们看见，在长长的驮队前，走着那条大黄狗。金发姑娘的马紧紧跟着她母亲骑的那一匹马。看着她远去的背影，我心中有些失落，说不清楚在为什么伤感。直到很多年后，我才明白，也许，那时候，我的失落完全是由于那块头巾！因为我并没有看见她披美丽的头巾出嫁时，远走他乡的背影。

不久，秋天到了，我们家赶在冬天到来之前，也搬离了那个牧业队。

那是秋末的一天，我们听说那个金发姑娘被她母亲送到了医院里，因为她遇到了难产。然后，她做了手术，生下了孩子。听人说，她生下的是一个女孩子，与她长得一模一样。

她在医院里住的那几天，我一直想去看看她，哪怕趴在病房的窗户上，向里偷窥一眼。但是，我发现我竟一点胆量也没有，也说不清楚究竟怕什么。一天，我看见一条小路上走过来一个陌生女人，一手提着一筐子鸡蛋，一手抱着一床小花被和一个有花纹的小奶瓶。那时候，我们和母亲正在门前垒一个土围墙，围住我们搬来不久的新家。我站在已经有些结冰的冻泥里，看见那女人走过我们家门前的时候，踮起了脚尖，以免弄脏了她的鞋子，她甚至还提了提她的裤腿。但我还是看见有一块泥粘在她的鞋底子上，那块泥里有一些麦草，把泥粘在一块，她把脚板在地上又甩又擦，半天才把泥弄下来。然后，她鄙夷地看了我们一眼，向医院方向走去了，好像那块泥是我们放那儿有意捉弄她。

过了约莫一个钟头的光景，我们的围墙快垒完的时候，那个女人用刚才的那床小花被抱着一个婴儿走过我们面前。她脸上挂着幸福的笑容，眼里充满了慈祥的光芒，一边走，一边看着那个襁褓里的孩子，以至于走过我们家门前的那块泥地的时候，完全忘了脚下的泥，又连麦草带泥巴结结实实地踩了两脚，走了。我们有些恶作剧地笑起来，但听到那个婴儿娇嫩的哭声，又立刻停了下来。只听那女人在孩子的哭声里一遍又一遍地嘟囔着什么，我们听不清楚，也不知她和那个孩子是什么关系。那天晚上，我们就听说，这个没有生育过的女人领养了金发姑娘的孩子。许多年后我想，她走过我们家门前时嘟囔的那番话一定是在说，哦，小娃娃，你不要哭，饿了你就吃一点奶吧，我会像你妈一样地爱你疼你。后来，我曾听说，那个踩泥巴的女人真是幸运，因为人人都说姑娘的私生子长得最漂亮。我虽然没有考证过这种说法的真实性，但我相信，那个孩子后来过得肯定很幸福，不像她的亲生母亲，命里注定了要遭受沉重厄运，英年早逝。那事过去大约一个月之后，那个金发姑娘在一个大地封冻的日子里，走进一片芨芨草丛，割腕自尽了。

这件事在进行当中的时候，我完全是一个无知的孩子，像一个没有睡醒的人，知觉朦胧，并没有意识到什么。但后来，它变得越来越清晰了，越来越沉重了，以至于我常把任何一个有关那个姑娘的细节都编进故事中来，越琢磨越觉得这个故事实在不同凡响，至少对我本人来说是这样。比如那一根扔进风里的刺，那一条狗，那一缕阳光，那个骑马离去的人，那个小孩子的哭声，以及后来，她结束自己的那一片芨芨草滩……它时常使我想到，其实，一个普通人活一辈子，活得就是那么一点点小小的尊严。

昴宿星光

那是二十年前的一个下午，当空中的一朵小狗一样的云，一点一点变成一朵小蝴蝶一样的云的时候，他看见老人托克萨尔向坡上走来。他先看到的是托克萨尔逆光中的影子，在五彩坡下移动，像水底上升的一枝枯草，又细又长，然后他就看见老人皮帽子上的带子，像一条死去的长虫。托克萨尔帽子上那根像长虫一样的带子，是他不可颠覆的标志。低头时候，那带子会垂下来，像小女孩的辫子，而走起来的时候，那带子又垂到老人的肩膀后边去，还是像小女孩的辫子。因此，他对这帽子上的带子有一种说不出的刻骨铭心，死去的长虫，小女孩的辫子，一个有趣的代码。为了这个代码，他甚至专门去老人家，看老人不戴帽子的时候，那根带子会是什么样。结果他发现，帽子挂在老人家壁毯上的时候，它会像一根刚拔下来的草根，带着新鲜的泥沙，而平放在窗台或被垛上的时候，它简直就是一根带子而已，软塌塌的。他对带子这样的状态，不以为然，它会让他联想到母亲给他缝的短裤的带子。短裤在他的所有行头里，地位最低，远远比不上一顶帽子重要。没有人知道这是谁教给他的经验，反正母亲经常批评邻居家的傻二说话拖沓，做事窝囊时，就说他裤腰带拖在外边，没有体统！也因此，他会格外注意自己的裤腰带子，绝不让这个有可能伤了风化的东西，跑到裤子外边去。也更因此，他不喜欢托克萨尔老人把那帽子放在窗台或被垛上的样子。

当那长虫升到他的面前来的时候，他就抬起脸。因为托克萨尔个子很高。下午的太阳就在托克萨尔的脑袋后边，因此他自己也就在托克萨尔的阴影中。虽然阳光被托克萨尔挡住了，但他的双眼还是有点酸酸的感觉。他就眯了一下左眼，又眯了一下右眼。

四周空空旷旷，没有风，五彩坡上的草叶和坡下的树叶像作假一样，把身子扳直了，一动不动。有几只落在草叶子上的虫子，也像作假一样不动。一只七星瓢虫就在不远处的一棵茴茴草的叶子上，几乎把自己缩成一颗红色的珠子，只要谁食指轻轻一叩，它就能从叶子上掉下来。这样，他和托克萨尔老人在这空旷世界里，显得格外木讷。一高一低，像旷野里两根被人忘掉的木桩子。他时常有这种感觉，就是那种当灵异世界的精灵到来的时候，万物肃静的感觉！他知道，那精灵，是这个世界真正的主宰！它虽然无影无踪，但会常常来到他的身边。

他就说："爷爷，您好！"

托克萨尔说："好！你好！"

托克萨尔也像他一样看远处的山影。山影就投在他们两个人的眼球上，又细又长，横过天际，被他们俩不断眨动的眼皮湿润。

托克萨尔问："你爸爸呢？"

他说："去找奶牛了。"

托克萨尔又问："你妈妈呢？"

他说："去我姨家了。"

托克萨尔不再问什么，而是无助地叹了一口气。他问他爸爸问他妈妈，只是问问而已！这有什么呢？！一个小小的村子，就那么几十户人家，谁家人在，谁家人不在，又关谁家的事？权当一家老小，出门进门，起床睡觉，天天如此，有什么值得问的，除非有人出远门，就是那种真正出了远门的，才是需要真正去关问的。相比之下，平日里小打小闹的闹心事儿，更不会有谁当着一个孩子讲！但托克萨尔还是当着这个小孩子无助地叹了一口气。他家的骆驼跑了！那是一头即将产崽的母骆驼！他早就提醒过家里人，一定要看好它，因为它是一匹初次怀胎的母骆驼。可是，他的家人，硬是没有看好，让它跑了，算上今天，应该是第五天了。它肯定已经生产了。几天来，托克萨尔家里的人，几乎找遍了方圆近百公里的地方，去了沙地，去了盐碱地，去了丘陵地，还去戈壁滩的红柳地，哪儿哪儿都没有它的踪影，好像羽化了一般。

托克萨尔老人就说："你爸去找牛，我去找骆驼，我们天天都在瞎找，一辈子都在瞎找。我这一辈子的时光，都用来找牲口了。"

他就笑了笑。

这个时候，刚才那朵变成蝴蝶的云，已经散去，好像一段淡去的往事。而他看到托克萨尔帽子上的那根带子，晃了晃，甩到托克萨尔肩膀上去。

托克萨尔的目光，就向远处的沙地那边望去。然后，托克萨尔很谙世事地说："我知道，你们家的牛一定能找到，而我的骆驼，怕是找不回来了。"

他就说："不会的！"

托克萨尔说："它生的是头胎，不比一般的骆驼，到远处去只是为了吃到好东西。生头胎的母骆驼戒心大，最不愿意被人看见。所以，它一定会躲得远远的，到我们找不到它的地方去。要么说它是畜生呢！哪里不安全，偏到哪里去，要是它当真钻进准噶尔沙漠里去，或者误食了毒草，那我这脑袋就要泡碱水喽。”

他就又说：“它走不远！”

托克萨尔就愣了一下，小心地看着他，然后看山。这孩子在说什么？走不远？他怎么知道？他怎么知道骆驼走不远？！这样，托克萨尔就又看了他一眼，又看了他一眼。

托克萨尔就说：“孩子，你……说什么？”

这个时候，一只小小的紫蝴蝶从坡下飞过来，在他们两个人身边飘了几下，落到一根小草上，收起翅膀，像波涛上的一只小帆。刚才那只七星瓢虫已经不见了，或许已经有某只手真的把它叩掉了。这是一只只有指甲盖大小的蝴蝶，精致得像一片薰衣草的花瓣，他心中就有一朵花绽开了，几乎忘掉托克萨尔帽子上的虫虫，倒是托克萨尔的目光盯上了这个小孩子，就紧着问：“孩子，你怎么知道的？”

一股小风吹起，那小蝴蝶飞起来，像翻下一个浪尖，又飞起来，他也跟着跑起来，东一下，西一下。蝴蝶飞得不高，也不低，就在他的头顶，任他的两只不长的手臂在它精致的蝶翼下划来划去。

托克萨尔就求他："求求你孩子，告诉我，我的骆驼在什么地方。你一定知道的。"

他就又说它走不远，走不远。

于是，托克萨尔就想抓住他不放。这几天他一家找骆驼找得好苦。问过邻居，问过过路人，甚至还找人用羊粪蛋做过占卜，都没有母骆驼的下落。看着这个追蝴蝶的孩子，托克萨尔突然就有点天窗洞开的感觉，一束光亮冲破云雾密布的天空，像舞台的追光灯一样，照亮他的心路。这个世界的神经早已经麻木，芸芸众生都变得跟木头一样，谁还对世界原本就有的精细保持敏感？饮食男女，越来越像装牛粪的袋子，唯有孩子的天知可靠。既然是天，那又何必问他是怎么知道的，是谁告诉他的？

托克萨尔就去抓住了他，准确地讲是拽住了他。

托克萨尔说："孩子，我给你糖果吃，你告诉我，我家的骆驼在什么地方？"

那只精致的小蝴蝶突然就不知去向，他只看见蝴蝶向太阳那边飘了一下，小小的蓝翅膀几乎碰着太阳的边，晃得他睁不开眼睛，然后，就不见了，大概是飞向西北方向。那是太阳落下后，昴宿星团站位的方向。他就有点愤怒地看了一眼托克萨尔，托克萨尔帽子上的那根带子正好甩到前边来，像一条死去的长虫，就是他喜欢的那种感觉，他就又向太阳那边看了一眼，蝴蝶已经全然不知去了哪里。

托克萨尔说："告诉我，孩子！我家的骆驼在哪里。如果真有天灵的话，你一定知道的。"

托克萨尔说这个话的时候，有些将信将疑。一个老人问一个孩童是不是知道他家丢失的东西，本身是有一点可笑。但是，托克萨尔还是问了，就好像他观察天空中的某一片云，是要下雨，还是要被一股风吹散，在这个世界上，有什么比一片云更加变幻莫测，更不确定，更多变数。然后，托克萨尔把他抱起来，就好像抱了半袋子盐。

他就安静下来，看着托克萨尔帽子上的带子，说："在小松树沟。"

托克萨尔的目光就亮了一下："小松树沟？"

他在托克萨尔的怀里点了点头。两个人几乎贴着脸。托克萨尔还想听他说话，却见他用左手指背碰碰托克萨尔帽子上的带子，又把手缩回来，佯装那是一根烧红的铁丝，抑或真的是一条长虫，会咬掉他的指头。他父亲经常这样吓唬他，参照物通常是一头牛、一条狗，或一只猫，抑或一张山羊皮。由此，他知道这个世界上有些东西可以触摸，有些是不可以碰的，不可的事，往往潜藏杀机。而眼前，托克萨尔帽子上的带子，仅仅是游戏的一部分。

托克萨尔又看了一会他，而他不说话，也不看托克萨尔。半袋子盐的感觉让托克萨尔感到这孩子好沉好沉，就又把他放在地上，说："孩子，你确定是在小松树沟？"

他突然撒腿就跑下五彩坡去了。也不知道他跑去做什么？就像一条小牧羊犬，刚才还在身边，突然跑开，毫无目的。

托克萨尔索然无味。像五彩坡上一根枯枝。

那天傍晚，他年轻的母亲在院子门口的水压井边压水的时候，他看见有一些水溢出来，流进水压井旁的一小块菜地里去，一只在蒲公英的草叶子上的椿象被冲翻了，扑腾着它精致的腿，他就捡了一根棍子，帮椿象翻正了身子。

母亲说：“不要动那东西，它身上有臭气，粘在手上洗都洗不掉。”

母亲的话大概是起了一点作用，他没有再去动那虫，而是看着它的六条细腿顶着它又薄又精致的虫身爬向一棵小杨树，然后就有蜘蛛丝缠住了它，再然后一只蜘蛛向它滑过来。虫虫们脚下发出的声响，像正在燃烧的导火索，发出嗞嗞的声音。

母亲提着水桶去小伙房，他听到母亲把水倒进大水缸里，千万个水流和水珠相互碰撞，哗哗地响，后来它们停下来。那只蜘蛛正和椿象缠绕在一起，就好像一只小狗纠缠一头大象。他就向伙房那边看了一眼，想必是想知道，母亲会不会关心蜘蛛和椿象的事。母亲显然根本不会在乎这些个事情。就见夕阳最后一抹红光里，有一头牛的光影出现。是父亲回来了，他找到了牛。父亲把牛赶向牛圈，嘴里不断批评它，说它是患黑死病的家伙。母亲就从伙房里出来，手上拿着一个倒垃圾的簸箕，簸箕里是刚削下来的土豆皮，还有洋葱皮。母亲把垃圾倒进伙房门外的一个垃圾桶里，那奶牛就扯下口水，向垃圾桶这边来，父亲就在它的牛鼻子上打了一个拳头。今天，他找它找了整整一天。这样的事，再过至少三年，才能由他这个还在玩虫虫的小孩子来做。找牲口是一件多么讨厌的事儿。一个做牲口的，肯定不会想自己的主人要对它负什么样的责任。只要自己混饱了肚子，只要不遇上天灾狼祸，天下哪里不是牲口的去处？！

母亲倒了垃圾，看了一眼她的丈夫，很随意地问了一句："这东西，你是从哪里找到的？"

父亲说："能去哪儿？草莓沟。"

母亲就笑说："呃，倒会跑！那里到处都是牛莓，它不去那里，又能去哪里。"话的意思，好像一牛头很会罗曼蒂克的感觉。

母亲就说："托克萨尔家的骆驼找到了吗？"

父亲说："没有！刚才我还碰见他家的人。"

母亲听着父亲说话，拿起一个扫帚把刚才掉在地上的土豆皮扫进簸箕里，又倒送进垃圾桶里，说："你没问问嘛！骆驼丢了，可不比牛丢了……"

他耳朵里听着父亲和母亲说话，眼睛依然看着那只椿象，椿象已经被蜘蛛丝死死地缠住，它的六条细腿还在不断地挣扎，细腿上的骨节发出可怕的声响。他就回头看了父亲和母亲一眼，说：

“它在小松树沟里。”

父亲和母亲彼此对看了一眼，然后又看他。

父亲说：“是你在说话吗，孩子？”

母亲说：“谁？！谁在小松树沟？”

他说：“骆驼。托克萨尔爷爷家的骆驼。”

父亲和母亲又彼此看了一眼，然后就笑了笑。母亲说：“呃，这么说托克萨尔家的骆驼已经找到了。我昨天就跟他说过，别瞎找，那牲口不会跑太远。他硬说初产的母骆驼忌惮人，一旦跑了，就再也不会回来，直到变成一匹野骆驼。”

父亲说：“可我刚才碰见他家的人，还说没有找见。”

母亲说：“那可能是他家里人还不知道？”

父亲说：“呃……也许，反正，找到就好，找到就好。丢一头就要产崽的骆驼，确实够可惜的。”

父亲说着话，把牛赶进牛圈里去。

然后，太阳在地平线上完全消失，一团火烧云把西边的天空映得很红很红。然后，北斗星和昴宿星团就一点一点亮起来。但是到了午夜，天空下了小雨，直到黎明时分。那只椿象在小雨中的蜘蛛丝中一点一点死去，雨珠在它的肚皮上结成水珠，然后滑到它的背上，掉在地上，又结成水珠，又滑到它的背上，然后掉在地上。而那只蜘蛛却躲在一片长得低矮的杨树叶子下，它的蜘蛛眼一直盯住椿象，像躲在暗地里的密探，密探的目光穿透黑暗。小雨在晨曦中渐渐停下来，然后，云层一点点变薄，羽化，消散，东升前的阳光让夜空透亮，星空淡去，空气里也开始弥漫牧村人家炊烟的香气。香气来自枯死的松枝，它们在燃烧的时候，把自己最后的芬芳送进空气里，换一种方式存在在这个世界上。直到这个时候，他一直都睡得很香，就像任何一个五岁的孩子，他宁静的呼吸，竟也跟那夜里的小雨、雨后的晨曦，还有炊烟中的松香融在一起。

还在他沉睡的时候，托克萨尔就起了床，鞴了马，连早茶也没有喝就上了路。他一夜都没有合眼，一直听着窗外的雨声，他家的屋顶落了多少颗雨滴差不多都能数得过来。不为别的，只为那孩子的话。他活了七十五年，从小到大不知丢过多少牲口。有的时候，是找一只牲口，有的时候，是找一群牲口。丢了的里边，有找回来的，也有永远没了踪影的。很多找回来的，只不过是有了下落而已，并没有都活着回来。其中有被冻死的、饿死的，也有喂了狼、喂了豺、喂了乌鸦秃鹫，只剩了一把白骨头的。大到马和牛，还有骆驼，小到羊和牧羊犬，还有小猫，都一个下场。托克萨尔找了一辈子的牲口，也难怪他是一个牧人。爷爷是牧人，曾祖父是牧人，曾祖父的曾祖父还是牧人，命里都注定了一辈子要跟牛羊打交道。但是，他这一辈子丢牲口，也没有这一次让他如此焦心又伤神。一来是一头骆驼，骆驼走丢本身就是很难找到的；二来，骆驼是他借了人家的骆驼产小骆驼的。因为他家原有五匹骆驼，前年全都因为沙葱中毒死了。祸首是前年夏天的那场干旱，整整一个夏天没有一滴雨，直到八月下旬一场透雨浇透了准噶尔沙漠东沿广阔的戈壁。荒原植物久逢甘霖，风风火火地生长起来，其中生命力最强劲的要数那布满戈壁的沙葱，几乎是在一夜之间活脱脱长出近二十厘米。当雨后的太阳东升，气温达到二十度戈壁最佳温度的时候，一簇一簇的沙葱就把它们又细又长的枝叶伸向丝绸般的阳光，然后，葱香在空气中飘散，引来因为干旱在饥饿中度过春天和夏天的骆驼们。它们饥不择食，把这些遍地沙葱当作了老天的馈赠。八月下旬的一天，托克萨尔到沙地上来看他的骆驼，并准备把它们赶到山上去。因为，一个月后他就要用得着它们，搬家下山。谁料，他看到的不是曾经熟悉的骆驼们站在骆驼刺丛里高高地昂起它们的脑袋，向他投来温馨的目光，而是先看到了两匹骆驼或者横冲直撞，或者跌跌撞撞，好像两个狂暴的醉汉，有一匹骆驼甚至像一头发情期的公骆驼一样，险些把它自己给撞死，可它分明是一头母骆驼。然后，他就发现它们已经双目失明，其中一匹就好像一只被打掉了一只眼的盲鸡，不停地原地打转，痛苦地呻吟。还有两头已经在一个土崖下死去。看那土崖上的痕迹，它们两个大概是从崖上直接掉下去的。那痕迹简单而直接，一点也没有挣扎的痕迹。骆驼身体庞大，根本经不得猛烈的摔打，只要空中坠落，必定伤筋断骨，就好比大货车失控翻下路基，必定酿成大祸。可怜的牲口，想必也是因为双目失明，不能判断脚下的路。托克萨尔最初以为这是一场人祸，是有人有意拿他来开涮，他就找来村委会的人，村委会的人找来乡上兽医。鉴定的结果，不是人祸而是天灾。可怜的骆驼们因为食了大量的野生沙葱，导致中毒。那些天，当托克萨尔带着儿子儿媳在山上夏牧场照顾牛羊的时候，这些可怜的家伙竟然在这准噶尔盆地边缘的沙地上，像一群患了狂犬病的狗，满世界撒野。好在，人们都已经上了夏牧场，不然，不知道会有谁被这群疯狂的骆驼伤害。或许，这也算得自取灭亡，是它们最好的选择。但是可怜的东西们，竟然死了这么些天，没有狼来给它们收尸。

这样，托克萨尔就把那两匹死去的骆驼就地埋葬。几天之后，托克萨尔请人把剩下的两匹瞎骆驼也杀了。留下它们显然已经没有任何用处，它们只会给他增添麻烦。还有一匹再也没有回来，没有任何下落，或许它已经被狼吃了，或者，也在什么地方摔死了，抑或，从此以后，变成一匹野骆驼，与沙漠天地共生共死。那就由了它去！由此，托克萨尔前年的经济损失差不多八九万元，对他这样一个家里没有多少劳力的牧人来说，这是一笔不小的损失。村委会那边去年就经协调，帮他借了这匹怀孕的母骆驼，差不多有点借腹生子，或借鸡下蛋的意思。这也算是一种现代方式了。反正，母骆驼的主人家没有什么损失，把骆驼借给托克萨尔家时，母骆驼腹里的小骆驼不过巴掌大，充其量只是一块肉而已，算不得什么财产。但这眼下发生的事儿，让托克萨尔怎么好对人说。

人说，倒霉的事儿，有四十个兄弟，有一个来招惹了你，那四十个也必定不会闲着。托克萨尔原就是个善于认命的人，既然灾难是四十个兄弟，那就四十个吧。可这四十个兄弟也太不厚道，果真还要让他托克萨尔有什么损失，他宁愿丢的不是骆驼，而是牛、马，或者小牲口，比如是一只羊，丢了就当衣服掉了一粒扣子，丢了这匹骆驼，且不说就好比丢了过冬的大衣，而是要把人的脸都要丢尽的。天下人家多的是，为什么中了毒的偏是他托克萨尔家的骆驼。跑丢了的，还是他托克萨尔家的骆驼。

况且，骆驼不比别的牲口，一旦走丢，就由不得人。不是阿拉伯人有故事讲，一个商人在一头骆驼背上载满了货物，问骆驼，你是想走上山的路，还是想走下山的路，结果那骆驼反问主人，为什么问我这样愚蠢的问题，难道老天经过沙漠戈壁的一万条路已经关闭？天哪，一想起这些，托克萨尔心里就没边没底。但是，自从昨天下午在寻找骆驼回家的路上，在那个五彩的小坡上，遇到那个捉蝴蝶的小孩子，他这心里便有了一线希望。他一夜没合眼，几乎把孩子的话当成了他唯一的信仰。他甚至在出门的时候，老夫人问他去哪里，他只说去找骆驼。他儿子问，去哪儿，他也只说去找骆驼。信仰是不可以轻易对人说的，哪怕是身边的人！

结果，托克萨尔骑着马走了近五个小时，到达小松树沟以后，果然就发现那匹骆驼和它新出生的孩子，在沟里的一块长满荨麻草的地方。它把那一片正在勃勃生长的荨麻草当作天然的屏障，人畜无法靠近。但是，托克萨尔还是不顾荨麻扎身，钻进草丛里。他带着骆驼回到家时，手上和脸上，还有小腿上都是一片一片红色的疹子。那他也顾不上了，他心里充满了太多的快乐。失物复得，除了找回了母骆驼，更重要的是他找回了自己的尊严，还发现了一个小孩子的神算，并为自己能对一个小孩子的神算有预感颇感自豪。他这一辈子也没有这样的成就感。

那天，骆驼和它的孩子被托克萨尔接回家里来，果然就引来牧村人的围观。他也去了，像村里所有喜欢看热闹的小孩子。他父亲也去了。在托克萨尔家院子旁，他的手挂在父亲的手上，目光看着那对骆驼母子。那头母骆驼被拴在一根桩子上，好像一个犯了罪的人，不安地围着那根木桩子转来转去，四个又宽又大的蹄子踩在地面的尘土上，越发显得柔软有力，跟一只山羊又细又硬的蹄子相比，很是牢靠。它的小驼羔就在它身边，紧张地抬高了脑袋，毛茸茸的眼眶透出不安的神色。空气里弥漫着骆驼身上散发出来的气味。而他知道，这股气息来自这对骆驼母子的愤怒。母骆驼生孩子本来是要避开人多的地方，根本不愿意让人靠近。可此时此刻，它不但被人抓回来，而且还拴在桩子上。母亲尚且这样无助，它的孩子就更不知道该如何应对这些围着它的人。而这一切，全都在他的感觉中。

托克萨尔依然戴着他那顶帽子，帽子上的带子随着脑袋的转动，一会儿向前，一会儿向后。这个他不用看，都能猜得出来。此时此刻，跟那帽子上的带子相比，他更能感觉母骆驼和它的驼羔的处境，他能感觉到母骆驼和小骆驼的紧张情绪。事实上，小驼羔出生已经是第五天，但是到现在它还没有吃到母亲的奶。这是一头过于谨慎的骆驼，为了新生的孩子，它躲到那么远的地方去，但是却为奶好一个孩子感到十分焦虑，或许，它会因此踩死了自己的孩子。但是，到此时此刻，它的主人，托克萨尔似乎还沉浸在找到它的喜悦中，根本没有顾及它们母子的内心感受。

托克萨尔和他父亲议论着找到骆驼的情形，话题自然而然就转移到他这里来。托克萨尔显得异常兴奋，夸奖他的预知能力。

托克萨尔说："了得啊！如果一个孩子没有天灵的启示，怎么就能知道一匹逃跑的骆驼去了什么地方呢。他才五岁呀！纯真啊！纯粹啊！他的那些感觉器官没有任何瑕疵，没有落下油污和尘土，干净得就像山里的清泉一样，清新得就像山里的空气一样。”

然后，大家就把目光都投向他这边来。那些目光像一道道手电筒，抑或探照灯的光柱，聚焦在他的脸上、身上。他就下意识地咬着右手的食指，向他父亲的身后躲藏，目光盯着父亲的衣角。那是一件黄色的条绒外衣，无论干活还是外出串门，父亲总是穿着它。条绒的纹路一道一道，好像秋天被收割后的麦地。他就用左手的食指抠那些田埂。那些人越是议论他的预见之明，他就越是把手抠进田埂上去，牙齿差不多也咬疼了右手食指，背上也几乎冒出冷汗来。那匹骆驼还在围着木桩子转来转去，小骆驼一会儿在它的左边，一会儿又在它的右边。被众人围观的感觉真是不够自在。

一个女人大声说：“算了吧，你们！他还是一个小孩子，怎么能经得起你们这样的海夸？当心，伤害了一个孩子的灵气。别说是一个小孩子，就是一头牲口，也经不住人嘴夸奖啊。”

于是，大家就都不再说什么。这是真的啊！怎么都忘了呢？老话不是说，不当着主人的面数人家的牲口，不当着主人的面夸人家的孩子。人的福祉是有数的。谁家的福祉来了，那是人家自己的事，犯不着别人来品头论足。何况是那说不清的天灵之事呢！心里怀着几分敬畏就是了，何苦硬晾出来晒太阳？但是，大家虽然嘴上不再说什么，心里竟然越发对这个小孩子另眼看待。毕竟，是他给托克萨尔预见了骆驼的下落。一个小孩子，一个五岁的、乳臭未干的小孩子，或许真的是有超然的意志。

那以后父亲就带着他离开了。他们离开的时候，他还看了一眼托克萨尔，而托克萨尔没有注意到他们的离开，正背对他们。他就又看见了那个帽子上的带子，挂在托克萨尔的后背上，倒也是他喜欢的那种感觉。

那天晚上，月亮很圆，大概是前一个晚上下的那场雨把天空洗干净了，星星虽然在有月亮的时候显得有些稀少，却也显得清晰，特别是昴宿星团的六颗星星，好像更加清亮。但是，这一夜他病了，发烧到38℃，身上一阵冷，一阵热，不断地跟母亲要水喝。他说，他看见了很多蛇，它们从山崖上掉下来，一串一串的。它们的背是黑的，肚子是白的。它们没有脚，没有手。它们用自己的头和肩膀牵引自己的身体向前，像一群好汉。它们向天空的星星出发，把星星顶在自己的头上，在空中舞蹈。

这样，那个晚上他母亲和父亲都没有睡着。一会儿父亲抱着他，一会儿母亲搂着他，又给他吃病毒灵，又给他吃黄连上清丸。母亲责怪丈夫不关心家里的事儿，她忙里忙外，顾不上照顾孩子，哪怕他这当父亲的操点心，帮忙给孩子添加点衣服；父亲就埋怨妻子不该给孩子惯那么多毛病。他自己也是山里长大的，兄弟几个一大筐，爹妈生了他们的肉身，却从来就没有怎么操心过他们的生死。兄弟几个，大的带小的，从小没有大人管着，不也长大成家立业，娶妻生子。母亲就又埋怨丈夫不该把孩子带去看什么骆驼，吸引人家的目光，孩子的话哪有准儿？找到骆驼的事，不过是他随口说说，怎么就让人把他当了神算品头论足。有的时候，大人的智商真是比孩子还低。孩子的话，跟跳大神的来了神劲儿，东一句西一句地乱说乱讲有什么两样。人气太盛，浊气就盛。老话说，人言、人眼过了，都会灼伤人的。果不其然，孩子扛不住了吧?！这样，父亲就感觉有些郁闷，就出门到院子里转了几圈，好像这黑夜能帮他一点忙，结果就悄然想起牲口棚顶上有爬地松的枝，就折了一根来，回到屋里，用打火机点了，在他头顶上绕，松香就弥漫开来。老一辈人就是这样辟邪或除邪气的。

也不知到底是不是那松枝起了作用，抑或是病毒灵起了作用，那以后他就睡去了。以后的几天，他就像一个正常感冒的孩子一样，先是感觉堵了鼻子，又痛了嗓子，后来，慢慢就好起来，然后就把这一档事忘掉了。但是，关于他能预知什么的事，却一直没有被人忘记。村里人明里不说什么，暗里却对他抱有某种期望。究竟是什么希望，大家也说不清楚。特别是那托克萨尔，曾经告诫他们家里的人，不要太招惹这个孩子，尤其是不要盯着他的眼睛看。他甚至说得很神奇，说这孩子眼里有一颗黑痣，那黑痣一定有来路。他父亲和母亲为这事儿，还认真查看过他的眼睛。他的右眼白里确实有一个小小的黑块儿，但那看起来更像一块血管的栓塞。就是黑痣，那又怎么样?！

那以后，他就慢慢长大，像任何一个成长中的少年。学习一般，智商看起来也一般。偶尔会讲一些幽默，他会说：白马村有一个小孩，一生下来就会讲话，小孩告诉人们，红牛村将遭遇世界末日，世界将发大水，生灵将被涂炭，人们吓坏了，大家整夜不能入睡，彼此告别，第二天，当红牛村的人们等待末日的时候，一个孩子也出生了，生下也能讲话，他告诉人们，白马村那个孩子纯粹是在胡说。听着他的话，大家也就一笑了之。

除此之外，他的所有的时光都在自己的天地里。他的天空，就是他们村的天空。他的大地，就是他们村子的那片大地，村头的山溪和那五彩的泥堆。准确地讲，他们村是一片处在山与平地、平地与戈壁之间的地带。一条来自大山的山溪从这里经过，平地靠近山的那一边，有成片的沼泽地。沼泽是一片一片，像碎掉的玻璃。沼泽与沼泽之间，是成片成片的沙地，沙地上长着成片成片的柽柳。在平地靠着戈壁的那边，山溪与一条流向北冰洋的河连在一起。流向北冰洋的河那边，是无边无垠的准噶尔沙漠。他从小孩子长到少年的那些年，一直在这块地上跑来跑去，每到转场的牧人驼队经过这里的时候，他就会站到这块彩色的坡上来。那是地表曾经上升时地下溢出来的泥浆。泥浆是彩色的，已经凝固了几千万年。他站在那个小坡上，像一个几千万年中的小小尘埃，来自山下的风，吹过他的身边，飘向山地，那山顶上就凝聚了云朵。他看着转场的驼队经过，能感觉到骆驼们的大脚柔软地踩过地面，或踏着初春的积雪，或踩着秋末的枯草。牧人们在这里一代一代地走过，但从没有人像他这样知道骆驼们走起这条路来，比在任何一个地方都感到轻松。这是一条骆驼们自己踩出来的路，牧人们只是跟着骆驼走而已。相比之下，他的感觉更能通向骆驼的血脉。因为他跟骆驼之间，好像已经有过千年的幽会。没有人像他和骆驼这样知道，在这条路的下方，有着某种不可思议的事情。或许由于这里地质结构简单，地球重力加速度不像在有过矿藏的地方那么大，骆驼们知道怎样给自己走出一条减负的路。肯定是骆驼的某个祖先发现这个天机，给它的后代在这里留下过某种特殊的记忆。反正这个事情，他能感觉得到，骆驼们能感觉到。而这点小事儿，除了他自己，不会有人关心。

倒是托克萨尔一直没有忘记过当年那件事儿，坚信自己对他的判断。十年之后寒假的一个傍晚，托克萨尔十七岁的孙子突然口吐白沫，抽搐，倒在他家的炭房外，据说差点就把自己的舌头咬断。然后他们去找了医生，诊断结果是癫痫，这使得一家人倍感人格伤害。一个好端端的孩子，来年就要考大学，怎么得了这样一个病，往后怎么做人？托克萨尔的儿子要带他的儿子去大地方求医，但八十多岁的托克萨尔不信医院能知道人脑子里发生的事情，思考了几天后，决定找到他这里来。

这个时候，他已经是一个初中三年级的学生。托克萨尔出现在他家院门口的时候，他听见老人踩在雪地上的声音。那是寒假的第二个星期，入冬三个月来的积雪已经很结实。按理说，他应该看见托克萨尔皮帽子上的那根带子，但是他没有。托克萨尔只是戴了一顶针织的帽子，有点像城里的老头。他向老人问过安，扶老人进了屋，跟他父亲问了好，然后他母亲烧了茶，宾主就坐下来一起喝茶。喝茶的时候，托克萨尔就问他的学习是不是很好，还有几年考大学之类，好像他的来意，只是为了一次变通的串门。但是凭经验，他和父亲、母亲都感觉到托克萨尔找到他们家来，一定不是为了问这些，肯定还有别的原因，这是常识。父亲就问了老人，结果老人就说想让他算上一把，看看孙子得的病有没有治？他的父亲和母亲就一下子觉得伤了他们的自尊。

这怎么可以！他还要好好读书，上学，考学，将来要找工作，娶妻成家，过正常人的日子。莫非这八十多岁的托克萨尔是老糊涂了。那孩子要果然是得了癫痫，那是那孩子的命不好。老天如果有意让人为难，谁也躲不过。但是，即便如此，这事儿也犯不着让他们的孩子成个半仙，给人算卦。况且，这些年，某某地方突然冒出个神算，骗钱骗财的事儿一茬儿又一茬儿，骗子到头来招来众人骂不说，还被公安局抓了去。他们可丢不起这个人。他们要让自己的孩子过正常人的日子。当年那件事儿，纯粹是个偶然。

父亲本想给托克萨尔说点软耳朵的话，劝劝，就让老人回去算了，也算是理解了老人的心情，可没有想，他母亲却是坚决得很，干脆就说，老人家您回去吧，我们家可没有跳大神的陪您这老小孩子玩儿。您的孙子如果得了那个病，是件很难的事情，同样，如果我的孩子让人觉得会装神弄鬼，对我们家也不是什么好事。您回去吧，回去吧！还是您儿子说得对，去大医院看病才是正道。

这样，他看见托克萨尔一双无助的目光看着自己。他就突然又找到了当年那帽子上长虫的感觉。他就轻轻地说了一句：

“爷爷，您家应该养一条牧羊犬。它会安抚您的孩子。”

托克萨尔还有他的父亲母亲就把三双眼睛都投向他这边来。三束目光中分明是有一些灼热和不安的东西浮在他的脸上身上，就好像一股从天而降的水，温吞吞，滑溜溜，遮蔽了他的全身，让他感到很不自在。他就让自己淡定了一下，用眼角看了一下父亲和母亲，然后，咽了一口唾沫，把一双平静的目光投向托克萨尔去，说：

“我说的是真的，爷爷，您家应该养一条牧羊犬。我见有人家有藏獒。”

托克萨尔的目光里就有了那种久旱逢甘露的感激，好像他的一个走了很久的亲人，悄然出现在地平线上，他先是有点怀疑，后来是确认，然后就是要向前跑去，迎接他的亲人。

就见他站起来：“对对，对，我怎么没有想到。狗通人性。狗知道这个世界的全部秘密。”然后，他就匆匆向外走，好像一个准备去报功领赏的士兵。

他就说：“爷爷，最好是真正的藏獒，我看见有人从青海那边买的。”

然后，托克萨尔向他点了好几下头，转身出去了。再然后，他父亲和母亲的目光就犀利地落在他身上。

那以后，托克萨尔把这件事情告诉了他的儿子，他的儿子就告诉了他的一个哈萨克朋友，他的哈萨克朋友又把这事托给一个在青海格尔木做生意的甘肃人，那甘肃人就在青海买了一条黑色的藏獒来，花费一千元人民币。时间大概过了两个多月。这期间，托克萨尔的孙子发过五六次病，都是在家里，他们一家不对人说，也就没有人知道孩子病了的事情。倒是后来，他家买了这条小黑狗的事，被那甘肃人不经意间说出了价钱和地方，村里人就说托克萨尔一定是疯了，花那么多钱，从那么远的地方，买一条狗崽子，大概是脑子进了水，抑或果然是越活越像一个小孩子。哈萨克牧人家谁家没有狗，随便拴一条来，又好认，又好养。就有人说，一定是托克萨尔想拿那狗发大财，据说在乌鲁木齐这样的地方，一条成年藏獒，可以卖到上万元。村里人就更不以为然，那老掉的托克萨尔，何苦呢！莫非他是怕自己哪天死了，没有钱买殓衣，拿狗来做铺垫？由此，托克萨尔的儿子、儿媳，包括那孙子的形象在村里都不怎么样了。但是，托克萨尔家的事，托克萨尔家自己知道。自那条狗来了之后，他的孙子果然是得到了安抚一样，发病次数不再那么密集，发了三次病，都让那条小狗预报在先。发病前，它不是围着那孩子的腿转来转去，给人一种极其不安的感觉，就是在他发病后，又叫又嚷地跑去把托克萨尔的儿子儿媳还有托克萨尔本人“叫”回来。有一次，那孩子就倒在火炉子旁，火炉子上坐着一壶煮沸的茶水。如果不是因为小狗，托克萨尔的儿子儿媳及时赶到，不知道会发生什么事情。

这样，他的名气就一点一点传开了。早先骆驼的事儿，这一回藏獒的事儿，哪件不说明他的不同常人?！托克萨尔再老得糊涂、失智，也不会把这么一档好事儿，带到那个世界去。他要让人知道他家买藏獒的事，确实不是因为脑子进水。但凡这个世界上，任何存在都有它存在的理由。人能看到、摸到、感受到和经历过的，都是道理。人看不见、摸不到的，感受不到的，自然是空的和虚幻。就有人笑托克萨尔：老了，老了，竟变成哲人了。难怪那历史上哲人都长着齐胸的胡子，还有盖过眼睛的白发和眉毛。智慧的老眼总是深藏在眼眶里。他的名气也就仰仗托克萨尔越传越迷离。

结果，果然就像他母亲担心的一样，他没有能够考上大学，甚至连高中也没有毕业，拿了一张肄业证回到村里。他的同学有人上了大学，有人进城打工，有人跟着亲戚朋友做生意开门面，当然，也有进了局子的。他和为数不多的几个同学回了村子。回了村的，基本上没有什么事做。相比之下，他还算好，至少会有人找上门来，请他猜一猜身体上的毛病，或家里丢掉的牲口是不是可以找到。他也就顺水推舟，来点小钱。这个时候，父亲和母亲也都已经进入中年。那个托克萨尔也已经驾鹤西去。托克萨尔的儿子在村边靠五彩坡那边的地方开了毡房，办旅游点。那地方，除了托克萨尔的儿子以外，还有村子里和村子里人的亲戚朋友们开的牧游点。人们到那五彩坡上来，度过周末，拍照留影。偶尔有人找到他来，一点也不存真心的样子，好像纯粹是为了试试他的斤两。这一点他明白了，他本来就是一个靠看人眼睛说话的人，谁眼里装着什么，他在第一眼就能知道。

这样，他就时常感到一种长久的孤独与寂寞。因而，他会在某一天的某个时刻，一个人跑到那个五彩坡上去。那一定会是一个太阳西去的傍晚，当大地紫气升腾的时刻。奶牛群从那片沼泽地上回来，一些没有上夏牧场或去沙地的骆驼在悠闲地享受一天来吞进肚子里的食物，把它们松垮垮的两片骆驼嘴，左边一下右边一下地咀嚼着。他知道，那种时刻，奶牛们会很享受牧归的时分它们将与自己的孩子相会的快乐，骆驼也会享受昴宿星团从北边天空洒下的光亮带给它们那种无比美妙的惬意。有的时候，他很怀念托克萨尔老人帽子上的那根带子，对他来讲，那是一种童真的感觉。而童真总会远去，没有人能改变。好在这个世界上，当年那些精致的蓝色小蝴蝶们依然还在以它们的方式，繁衍后代。他能听到它们羽化的时候翅膀的撕裂。这些声音来自空气，来自风，来自天空的云，还有他自己脉搏的律动，还有一些连他自己都无法说清的脚步声。

前几年，他母亲曾强迫他父亲带着他去大医院看病。母亲怕的是所有关于他不合乎常规的说法，包括她自己感觉到的在他身上发生的事情。特别是当那一次，他母亲听他说自己听到了已故的托克萨尔老人的脚步声的时候，母亲几乎是憋着一股子闷劲儿，强行把他带到医生那里去。医生问他这儿，又问他那儿，然后将一截带光亮的探头伸进他的耳朵里，他就和母亲父亲从电脑的监视器屏幕上第一次看见了他的耳朵。这两只耳朵跟常人没有什么两样。只是那探头把他耳朵里的寒毛放大，致使耳朵里好像长满杂草的荒地，且显几分古森林的腐朽与诡异，还有那像蜘蛛一样布满那些灌木丛的耳内分泌物。他曾为此感到羞愧，一个人居然可以把自己长成那个样子，实在跟一只羊、一头牛，抑或一匹骆驼、一条狗没有什么两样。原来人的耳朵比它们的好不到哪里去。结果，那个医生就给出了他父亲还有母亲一个惊人的答案。

医生说：“这个孩子的听力超常，听力几乎在1分贝。”

父亲和母亲听不懂，医生就说，分贝是声压级的大小单位，声音压力每增加1倍，声压量级增加6分贝。1分贝是人类耳朵刚刚能听到的声音。20分贝以下的声音，一般来说，我们认为它是安静的。当然，一般来说15分贝以下的我们就可以认为它属于“死寂”的了。20—40分贝大约是情侣耳边的喃喃细语。40—60分贝属于我们正常的交谈声音。60分贝以上就属于吵闹范围了。70分贝我们就可以认为它是很吵的，而且开始损害听力神经。90分贝以上就会使听力受损。而待在100—120分贝的空间内，如无意外，1分钟人类就得暂时性失聪。而你的孩子耳朵好到，背着他按手机键，他就可以听出你按的是哪个键。

父亲和母亲的脸上，从疑云重重，渐渐变得轻轻松松。父亲脸上甚至绽开了笑容：没有想到，自己这一辈子平平庸庸，儿子竟然拥有这种超能力。却见那医生脸上几分焦虑，然后说："其实，你们应该同情这个孩子，多给他一些关照。换句话说，你的孩子的处境，就好比一个人天天处在一个大工地上，他的耳朵从来也不会有一刻的安静，耳边永远是机器的声响。而且，他在他母亲肚子里的时候，就已经饱尝这种不幸，母亲的肚子对一个普通的胎儿来说，依然像一个建筑工地，下水道的声音、搅拌机的声音、升降机的声音，还有钢筋水泥，一切……"

这样，父亲听得目光呆滞，而他的母亲，从此以后便果然对他怀着十分愧疚的心情。她原本想给他一个正常人的一生，怎么就给了他一双怪异的耳朵。她甚至想过，是不是该给他戴一顶有耳扇的帽子，就像当年的托克萨尔一样，一年四季都戴着它，母亲还想过给他耳朵里塞上棉花或毛毡，但是，这一切都显得那么滑稽可笑。于是，这些年，他没有考上大学，回到家里来，对母亲似乎也成了一种安慰。毕竟，他可以在他们的视线里，有任何不测，他们都可以在第一时间掌握。至于他们两个百年之后的事，就交给老天了。而关于他的耳朵1分贝的事，她和丈夫却从来没有对人说起过。这就像当年，托克萨尔把他孙子患有癫痫病的事儿，珍藏起来了一样。

他已经二十七岁了，一直没有结婚娶妻，或许，就是因为这一双过人的耳朵。一个不正常的人，不应该去影响一个正常的人，这几乎已经成了他自己的做人准则。相比之下，这个五彩坡，似乎更能接纳他。只是，这些年来，他在这里听到的声音，好像不再像当年那么纯粹和清晰，倒确实是像医生说过的那样，他的世界变成了一个大工地，让他感到疲劳和身心交瘁。

但是，依然有些迷了心窍的人找上他来。为了生计，他也就像一个神算那样，背着父亲和母亲给人看看路数，至于费用的事，全看主家如何出手。三块两块，五十、八十，怎么都行。他从不开口说过任何关于价钱的事。而关于他是否给人说准的事，也不去管它。这种事儿，你说有，它就有。你说没有，它就没有。而在父亲和母亲眼里，他也无非是一个没有娶上媳妇的大男孩儿。多半儿的时候，帮父亲卖卖牲口，打打冬草。

这天，他在五彩坡上闲坐，坡下走上来一对男女。看上去，两人都三十出头的样子。他一眼看出，那男子是来找他的，而那女人看起来有些木讷。他们走上坡来，在他身边坐下。问这坡为什么是彩色的，问村里有多少人家，问他平时都做些什么，比如是不是也在牧家乐旅游村开了自家的牧家乐。他就直截了当地问那个男人，您像是专程找我看路数的，那我就替您看一看？那个男人就点了点头。而那女人却不以为然地看了一眼那个男人，显然是在说：你他妈真无聊！跑到这里来，让这种人看什么前程！再看，你也不过是当一个小副科长的料，一个小科长就可以把你收拾得团团转。那男子自然也就不情愿地看了那女人一眼，显然也是在说，你懂个什么？你这粗枝大叶的女人，一辈子也不会知道你男人除了那个小副科长，是不是还有操心的事儿。如果你能替我担待一点，我何至于走投无路。

这一男一女这样打目光战的时候，他就抓了四十个小石子，在手心里翻了翻，小心地摆在地上，然后看那石头子集结的方向，左摆右摆，那石头就横三竖三，分成九小堆。这个时候，他的耳朵里就有一些声音响起来。听起来，好像是一只黑蜘蛛在咬死一只蚱蜢，抑或一条蛇正在沼泽地那边的水草中，爬向一只水鸟的蛋，小鸟正扑棱小翅膀可怜地叫，再或者，在山上的某一个地方，有一块松动的岩石，一群人马正从岩石下的山沟里走过，再或者，在头顶上，准确地讲，此时此刻，在地球被自己的影子挡黑的那边的西部方向，比昴宿星团更远的地方，有一团更大的星云在集结，释放巨大的能量。于是，他深深地喘了口气，他极其厌恶地又看到了那年母亲和父亲带着他去医院检查时，他自己从监视器屏幕上看到的自己那个杂草丛生、死亡世界一般的耳朵。他就抬起头来，看着那个男人，而那个男人，也正看着自己，目光里有太多的期盼。他就说：

"这位先生，我提醒您要注意了！"

那男人就睁大了眼睛，那女人也投来异样的目光，显然，她对这种说法很感兴趣。

男人就祈求道："说明白点儿好吗。"

他就想了想，说："你正在坏了良心。你不该天天打你弟媳妇的主意。"

那男人就警觉起来，脸色也变得难看起来。男人想了一会，突然说："你他妈在说什么？"

他很冷静："我是说，你不能打你弟媳的主意。你应该知道，这是伤风败俗的、伤人的事。"

那男人就一把揪住了他的衣领，而那个女人已经向坡下头也不回地走去，留下了愤怒的背影。那男人想叫她的名字，但是，她的名字此时此刻看起来并不那么好叫。男人就又回头看着他，说："小伙子，你知道，我这会儿想做什么？我想把铅水灌满你这愚蠢的脑袋！"

然后，那男人留下三十元钱，和一个同样愤怒的背影，向坡下走去了。他的耳朵越发鼓噪，他感到身心疲惫，一股胃酸翻上喉咙，烧得他食管发烫，他就吸了一口气，空气显然有一些龌龊，不再有当年那松枝的清香，而是一股塑料袋燃烧的气味。一定是牧家乐那边有人为了引火起锅，招待来客。塑料引火快，三两下，就能把潮湿的木柴和煤炭点着。这种气味儿，他一刻也不能容忍。但是，他别无选择，空气就在他的周围，无时无刻不与人们相伴。

大约两周后的一天，他母亲去镇上买东西，回来义愤填膺地警告他，以后再也不许他给别人看什么路数。母亲说，你知道因为你的原因发生了什么事情吗？然后，他就从他母亲的嘴里得知，那天那个男人差点儿跟妻子离婚。可怜的男人，真是雪上加霜。他有一弟媳，在农村合作社当会计，这半年有好几笔款项既说不清楚去路，也查不明去路，大概是工作丢三落四，丢了重要的凭证，或计算中出了什么纰漏，反正钱没着落了。那几笔款子数目不小，就是把全家人的财产都变卖掉，也还不清。好在暂时还没有足够的证据说明她贪污公款，她的领导也算是一个通情达理的人，说如果能把钱如数放回原位，事情的结果可能就不至于太糟糕，比如糟糕到要跟司法对话。因此，这事儿害得全家人跟她一起焦头烂额，丢失人格和尊严不说，凑齐那几笔钱谈何容易？于是，他做大哥的便日思夜想，坐卧不安，脑子里只有对弟媳的埋怨与同情，还有恨铁不成钢。可怜她照顾两个老人，还有她自己的爹妈，家里还有一对双胞胎，还有奶牛和小菜园子，每天下班回到家里客人总是来来往往，有看老人来的，有进城看病、办事的，都住到他们家里去，烧茶做饭免不了都落在她的头上，而且，出了这么大的事情，他这做哥哥的竟也无力相助，偏巧自己又娶了一个有心没肺的老婆，根本不能帮他担待什么。因此，这事儿他也就从来没有告诉过老婆，且最怕她婆婆妈妈小了心眼的时候，要拿此说事儿。谁想到五彩坡上去，本想透个气，问问天眼那几笔钱的路数，竟让他给看偏到男男女女的事情上去！不是火上浇油又是什么？

母亲严肃地警告他，以后再也不允许他给人看什么路数。我可不想我家里出个精神骗子！

这事儿如此蹊跷和严重！母亲用了什么词？！她没有说“骗子”，而是用的“精神骗子”！母亲虽说是一个农村女人，但毕竟读过初中，对广播电视上的信息，末梢神经还是敏感的。“精神骗子”的说法，是从广播里听来的，信息源大概来自某个农村节目关于传销案的分析，提醒农牧民不要上当受骗。

按传销案的分析，最容易上“精神骗子”当的，除了城里的老人和中年女性外，便是农牧民。因为城里人，对物质需要更现实，而农牧民，因为对大自然的信息更敏感，便对来自人的欺骗更迟钝，所以，精神也就会给商业骗子们以先洗脑子的办法搞到手。不然，传销案的受害者，为什么大多是那些进入城市的农牧民……

这样，他就有很长很长一段时间，很少再上那五彩坡上去，也不再给任何人看路数。他要远离对别人的伤害。他很少再去五彩坡的那些日子，秋叶落了，冬雪又覆盖大地，然后春暖花开。昴宿星团落下地平线，又升起来，六颗星星总是那么明亮。他即使不上那坡上去，那星团也总在他的视野里。秋天的夜晚，他把奶牛赶进牛圈的时候，在倜傥的星空里，它们是清晰的。在冬天的黄昏，他把饲草放给牛吃的时候，它们在遥远的西边天空，清冷而又宁静。他就会多看一眼圈里的奶牛，因为奶牛与昴宿星团有某种遥远的契约。那六颗明亮的星星曾是地球的逃犯，在那之前，有二十四颗昴宿星处在夜空，它们清冷的光亮，让地面没有了夏天。于是，造物的神主把它们赶到地上来，让地面上的愤怒的牲畜将它们踩死，还世界一个阳光灿烂的夏天。结果，有六颗星星从奶牛的偶蹄缝隙之间逃脱，又逃回到天上去！它们是逃犯！是逃犯！这种说法会让他感到无比的愉快。

每天，他在自己的世界里与昴宿星对话的时候，母亲就忙自己的事，大概是在给他物色一个女人。毕竟，他已经是一个快三十岁的大男孩儿。母亲想的是自己的百年之后，他的前路。他不可能逃出奶牛的偶蹄，也躲不到什么地方去！他是一个人，普普通通长着一个脑袋，会生老病死。而他也已经做好了准备，不管是什么样的女人，只要愿意跟他这样一个在别人眼里有些怪异的人生活，那便是一件十分值得珍惜的事情。

但是，有一天，当年托克萨尔那个孙子又找上门来，请他看路数。十几年已经过去，他的癫痫病已经成为历史，那条藏獒也在几年前死去，好像一个自然老去善终的智多星。他能好起来，显然是因为经过正规治疗，这是不争的事实。在大医院，他做过一种叫EEG 的仪器检查，然后医生给他用药，过一段时间，他父亲和母亲带他到大医院治疗一段时间，然后，他的发病次数就越来越少，已经有五年不再发作。后来，还娶了女人，有了孩子、房子和车子。能开车子，证明他的因为癫痫让人感到不安的大脑已经好得不得了，否则他会和一个酒驾或毒驾的人没有多少差别。有谁敢想象，一个患有癫痫病的人，开车上路，会有多么危险！所以，他在感谢医生的同时，一样感谢那条藏獒——他曾经的好狗！在他们家里，也就是在托克萨尔的家里，几乎没有一个人否定过藏獒巨大的贡献与忠诚，它不止一次预警他的发病。也正是因为它的预警，他才没有被开水烫伤，没有被石头砸伤，没有被车撞伤。所以，托克萨尔的孙子内心对当年把买狗的建议提供给他的人，总怀有一种别样的感激与感恩。这天找上他来，是因为他的车，也就是他买了两年的一辆蓝色的时代小型翻斗车，前些天在去外地送货的时候，被人开走了。开走车的人，显然是一名小偷儿。不然，向公安局报案查找它的下落，不会这么难。

这样，托克萨尔的孙子就又想到了他。

他说，不行，不行！他母亲也说不行，不行，坚决不行！可是托克萨尔的孙子硬说，行，行，行，一定行！而且苦苦求他。托克萨尔的孙子后来甚至给他送了一件俄罗斯的驼绒大毛衣，求他一定帮忙找到那辆车。因为，他已经跟镇上一家奶制品加工厂订过合同，负责运货到城里的超市。合同订了一年。老板那边天天都在因为他的运输车丢失蒙受损失，逼他找到车，或再买车。托克萨尔的孙子还说，自己已经不是当年的爷爷托克萨尔了，不会把他帮着找车的事儿告诉任何人。况且，他又不是那个弟媳妇，算错了账，丢的是别人的钱，他丢的是自己的车。无论找到与否，都是他一个人的事情，与别人无关。这样一连几个艰苦而执着的求情之后，他终于答应了托克萨尔的孙子。并且与托克萨尔的孙子定下盟约，无论如何不能将这件事情告诉他的母亲和家人。托克萨尔的孙子就满口答应，并且将笑容堆满了脸，就好像他的车已经找到，只是暂时要在那将要找到的地方，再放两天。他甚至差不多已经告诉小奶制品厂的小老板，他的损失将不会增加多少。而且小老板损失掉的那笔额外的运输费，他会在找到车以后，一点一点帮小老板还上。

这样，那两天，他就感到了一种压力。就好像一个要上台讲话，或者，一个要请求领导换一份工作的老实人，笨人。然后，他理所当然地又回到那个五彩坡上去。就好像恐怖片里一个诡异的世界在召唤他的心界。好在，他没有看过几部让人作呕的怪片子。他出门看见的依然是白天高空的太阳和夜空满天的星星，包括西边的昴宿星团。在那个五彩坡上，虽然偶尔还会有塑料燃烧的刺鼻的气味，但是，来自旷野的气息毕竟是那臭气的许多倍。又是仲夏的时节，蓝色的精致的小蝴蝶依然像他小的时候那样，抖动它们精致的小翅膀。七星瓢虫依然也会落在某个草尖上，像一滴凝固的红色雨珠。只有在这里，他的耳朵里便会有那些天籁的声音，像一层一层的风或紫气一样，升腾又下降，妙曼而又轻盈。他就闭上眼睛，琢磨托克萨尔孙子的那辆时代小型翻斗车。蓝色的车体，和那车身上的锈迹、擦痕，包括那被阳光和风尘侵蚀掉的车漆，让他感到些许郁闷。那车就好像一只癞蛤蟆，在诡异的月光下静静地睁着大眼，晰听遥远的声响。他不喜欢汽车的看似木讷实则诡异的感觉，不喜欢车轮胶皮的气味。但是，他又必须找到任何有关它的声响。

就在那个下午，他一个人坐在五彩坡上苦苦寻声的时候，看见托克萨尔的孙子从坡下升上来，像一根在水中上升的枯枝一样。毕竟是祖孙辈儿的人家嘛，基因里就那么点儿东西，走到哪儿，都是它！这样，他就有了当年托克萨尔爷爷帽子上的那条死长虫的感觉。托克萨尔孙子多么像他的爷爷呀！只是，那是老托克萨尔，而正在走来的是小托克萨尔。于是，他知道了，听到了，那辆车在哪里。

托克萨尔的孙子升上来，在他的身边坐下，还略略喘着气，有热汗的感觉扑在他的身上。

他就说："您的车，在小松树沟里。"

托克萨尔的孙子就睁大了眼睛，转而就想，哦，又是当年母骆驼逃去的地方，是不是有点假呀？汽车在那个地方，难怪公安局的警察找不到，那里基本上没有公路，连乡村石头路都没有，那种小型翻斗车，走到那里，一定会很辛苦。那只能是偷车贼不能销赃，把车扔到一个骆驼去的地方了。想必那车一定没有几个完整的零件了。呵呵呵，呵呵呵。汽车找到了，居然真的找到了。到底是你！

于是，托克萨尔的孙子问自己什么时候能把车开回来，还问他是不是可以跟自己一起去。他也有些许兴奋，为自己能听到一堆铁皮的踪影感到欣慰。他就向西边的天空看了一眼。再过一会儿，太阳沉下地平线，昴宿星团就会出现在那里，像自有太空世纪以来一样。他就对托克萨尔的孙子说，您的汽车就在当年您爷爷找到那对骆驼母子的地方，在荨麻草丛里。荨麻草已经有一人高，汽车藏在里边，遮天蔽日。我们明天就去。

第二天，他当真就跟着托克萨尔的孙子去了小松树沟。他们两个都带着无比喜悦的心情。因为，这是一个只有他们自己知道的秘密。当一个发现，以一种机密的方式出现的时候，带给人的喜悦几乎会变成一种冲动、一种刺激。一路上，他的感觉越来越清晰可辨。他甚至告诉托克萨尔的孙子，他的汽车此刻就在一块白色的大石头旁边，头朝着西北的方向，一身青蓝，车尾还有一丛硕大的牛蒡草，牛蒡草随风摇曳。他的描述好像一首不错的诗歌。

几个小时之后，他们两个人到了小松树沟。他们找到了那片荨麻草地，找到了那块白色的大石头，环境与他描述得一模一样，丝毫不差。可是，他们并没有看见那辆蓝色的时代小型翻斗车，而是看见了一匹青色的马，站在那块白色的大石头旁，头朝着西北的方向，悠闲地吃草。青色的大马，将浓密的尾巴在身后甩来甩去，打走滋扰它的马蝇。那马屁股上还烫着印迹，应该是英文字母 T，显然不是他们村子的马，或许来自邻近的某个村，或跟邻近的某个村相邻的某个村，走丢了，让它的主人四处寻找……

于是，他们两个人都无话可说。他呆呆地站在那里，咽了一口唾沫，又咽了一口唾沫……

骑兵八十八

后来我才知道，那晚的那股风是从宇宙深处吹来的！

那天晚上，我趴在床沿，把额头放在我的两只手背上。父亲的左手就在我的头顶处，一根针头插进他的皮肤里。那风声就在我耳边走过旷野，无影无踪。

我抬起头。好像有人在我的脖梗子上推了一下，提醒我去做什么事情。

黑夜将他的手掌轻轻地扶在窗户上，夜的眼就在窗户外边，好像看到屋里有一个令它默默爱恋又不能打扰的人。

父亲的身体横亘在我的眼前，像一座山。这让我有点感动，就像哈萨克民谣里唱的一样：

> 父亲啊！
> 即使我有飞天的翅膀
> 也飞不过你的高山

目光跃过父亲这座山，那边还有一座，是一名来自伊犁河畔的老骑兵。

在这黑夜里，面对两座山峰，我有一种感觉：时光好像正在某个地方放慢脚步，像阳光下散落在草地上的羊群。

可风还在刮着。

老骑兵的床下靠墙的地方，有一盏地灯。灯光似黄昏的记忆。一群蚊子在这黄昏的记忆中飞舞，像一个人纷乱的思绪。我们也许永远也无法触摸到它们。我们伸出手去，它们飞向高空，我们放下手来，它们又回到原来的位置上；我们再伸出手去，它们又飞向高空，我们放下手来，它们又回到原来的位置上；我们再一次、再一次伸出手去，它们再一次飞向高空，我们放下手来，它们又再一次回到原来的位置上。而这纯粹是一场没有结果的、毫无意义的游戏。

我父亲对我说，这位来自伊犁河畔的老人，五十年前曾经当过骑兵打国民党。几百年前，他的祖先从遥远的东北来到伊犁河戍边。几百年后，他的生命好像已经走到了尽头，像就要落下的太阳。老人接受前列腺手术前，听医生对他的家人说做好心理准备，老人的心脏很可能在手术台上停止跳动。

但老骑兵曾对我父亲说，他宁愿死在手术台上！老人说这话的时候，我看见他喝着一杯清茶，看着自己的脚尖。右手指在杯子上轻轻地蹭着，好像在抚摸一个小孩子的脸。然后我父亲就对来看他的一位老朋友说，老骑兵宁愿死在手术台上，主要是因为前列腺摘除后，有可能在身体里插一根引流的尿管，打发余生。这样，几个老人就彼此看着对方，默默点头，一句话也不说。

其实，他们差不多已经看不清对方的脸。衰老使他们眼睛里布满了血丝和尘埃，像老房子很久没有擦过的窗户。老骑兵的年龄最大，浑浊的目光反倒使他的眼睛看起来像四十天的婴儿，看我们的时候，我们几乎以为他目中无人，以至于又喊又叫，又拍巴掌又晃钥匙，以吸引他的注意力。那是一种多少让人感到不安的目光。我们好像听什么人说过，当一个人的目光老得没有了焦点的时候，那目光肯定是穿透了时空。就像埃及的法老、希腊的亚里士多德、天山的突厥石人。所以，我们有可能觉得自己像一只蚊子、苍蝇，或一只蟑螂、跳蚤。只是我们漠视它的存在，就像我一样，把衰老当作笑料，以为自己是一只灵异的飞鸟。

没有人叫我做任何事!

外边的走廊是空的! 像一个失去了记忆的人，一个毫无欲望的人，一个苍白得没有任何情趣的人。但是，那股风却从西边的窗户里吹进来，漫过走廊的灯光，在门前晃了一下，又冲出东边的窗。我又把头放在我的两只手背上。我听见老骑兵的吊瓶里一滴一滴滴着亮晶晶的液体，像上帝的泪，从高空落下，把一个又一个宇宙送进老骑兵的血管里。

老骑兵睡觉的时候，没有鼾声，眼睛看着屋顶，安静得像阳光下反刍的羔羊。

人老了，就变成一首启蒙诗了，好来告诉自己和别人生与死的道理。但老骑兵早在四十几岁的时候就已经把生死的道理扔在风里。

老骑兵曾用哈萨克语大声告诉我父亲，那年他的胆囊里长了一个石头，就好像一颗子弹在他的身体里找到了坟墓。每当那子弹在他的肚子里兴风作浪的时候，他感觉自己就像一只被人拔掉了腿的潮虫，在地上翻来覆去，恨不得马上死掉。但是，那天夜里——就在他行将被推上手术台前的那个晚上，为了活下去，他却像一个越狱的逃犯那样逃走了。

那天晚上，当月亮从东边升起的时候，他光着脚，跳下了病房的窗台。他跳下窗台的时候，一只蟋蟀在窗下的石头房基下唧唧地歌唱。他的两脚一步一步地跨出去的时候，八月的杂草上有一阵晚风吹过。他穿过一片小树林，跳过几条小渠，踏上一条松软的土路，跑出十几里后，坐在伊犁河边的一棵沙枣树下，等夜行者经过，好带他回家。那感觉应该像一个等待过路的风把自己带进山林里的夜精灵。

那天晚上，当猎虎星升上天空的时候，他听到一辆自行车的轮子碾过坑坑洼洼的土路，把自己的铃铛震得叮叮当当，像一个无病呻吟的人。老骑兵向那人挥手，那人看见黑暗中的影子，跌跌撞撞。铃声苍白无力，充满了恐惧。

那天晚上，老骑兵很想自己走完那段回家的路。但是“囊中的子弹”让他无奈。他知道，如果他要继续走路，那“子弹”定要他的命。因为那是一颗腐朽的“子弹”！

在那个无人的、只有风声的夜晚，老骑兵一个人坐在那棵沙枣树下，想生和死的道理。那些日子，死好像比生离他更近，只要把马缰绳往左一拉，他必然走向死亡。那年，他正好四十八岁，正是思想这个道理的年龄。但，逃亡的感觉，又让他觉得生离他很近。只要把马缰绳往右拉，就会离手术台和死亡越来越远，他感到了逃亡的快乐。

其实，这种逃离的快乐，早在二十年前的一九四五年他有过更为深刻的体验。

也是这样一个八月的夜晚，他和一位名叫伊万的俄罗斯哥萨克骑兵从伊犁某个军营的哨位上，骑上两匹黑色的战马，趁浓黑的夜色出逃，像黑色的风一样隐没在夜色中。

哥萨克骑兵伊万一句中国话都不懂，但这个小个子的中国人却懂俄语。伊万在黑暗中笑说你的舌头里有精灵，会说那么多种语言，像犹太人！他就点燃了一根火柴，抽了一口莫合烟对伊万笑说，我不是犹太人，是中国人！伊万又在黑暗中说，他要离开这个国家，回到第涅伯河畔去。伊万说他不想被战刀劈成两半儿，说他的祖上，每一代、每一代都有死于战刀下的人。一八七一年，他曾祖父的兄弟跟随沙俄军官米哈依洛夫斯基进犯中国伊犁特克斯的时候，被一个哈萨克人劈成两半儿；一九二〇年他的祖父在哈萨克东部草原因为武装叛乱被红军劈成两半儿；一九二一年，他和父亲跟着尼古拉沙皇的女婿阿连阔夫逃到中国境内，父亲因醉酒冒犯上司，被阿连阔夫劈成两半儿；几年前，他的兄长在俄罗斯腹地被德国人劈成两半儿，现在家里只剩下了年老的母亲……

我要回到第涅伯河畔去！

我一定要回到第涅伯河畔去！

伊万还对他说，你也走吧，我知道你是勇敢的骑兵，勇敢的骑兵很可能战死，而你现在还不能死，你不是说你妻子刚生下第四个孩子吗？你至少在死前看一下他们。

这样，那天夜里，他和伊万就出逃了。那是一九四五年一月底，游击队准备配合一支来自苏联的红军，在伊犁市北郊攻打国民党军队。那天晚上的气温零下三十度。

两个逃兵，像野鼠一样在黑夜里前进。战马并不知道它们的主人正在逃亡途中，但它们凭借良好的知觉，带着主人们穿过封冻的田野和枯树林，向伊犁河畔移动。

那可能是人类逃亡史上一次绝无仅有的体验。临阵逃亡使他和伊万经历了精神上极大的恐惧，但是，那一路上，他们却没有听到任何追兵的马蹄声，更没有听到敌军伏击的枪声。战争好像已经把他们两个人忘记了。他们离死亡越来越远，离希望越来越近。早晨在伊犁河畔稍事休整的时候，伊万竟唱起了第涅伯河：

你看那月亮暗淡无光
在白云后徜徉不停
宁静的小路遥遥无尽
第涅伯河上波涛翻滚

歌声像蝴蝶的翅膀，轻轻拂过封冻的伊犁河。伊犁河水好像在平静而缓慢地流动。两匹战马站在河边一个冰窟窿里饮水，抬起头，歪着脖子，看东边的日出，像两名静观山河的诗人。

老骑兵那次的逃离是那么的成功，后来战乱开始，后来战乱结束，竟没有人再提起此事。其实，那次出逃，虽然他最初的确是想逃离死亡，但后来也曾想过再回到队伍里去，只因不再有人追问此事，也就不了了之，哥萨克骑兵伊万也在那个清晨之后，永远销声匿迹。

也许，人们以为他和伊万已经战死。

时光再往前推到一九三四年，老骑兵十八岁的那一年，骑着一匹马，初次约会他的未婚妻的那天，也曾逃离过一次死亡。

那是冬天的一个黄昏，一轮冬月挂在天上，像一个人遥远的记忆。他怀揣着未婚妻给他的体温和冲动，还有她的嘴唇留在他的嘴唇上的口香，骑着马儿沿着一条正在结冻的小路从东往西行。走到伊犁河畔的时候，他的坐骑突然不再往前走。那个时候，路边的积雪正在悄悄融化，又在黄昏时结上一层薄薄的冰碴。他的坐骑就在路边的雪上把它的嘴蹭了一下，他的十八岁的心就软了一下。那一天，他被爱情滋润，他的马却滴水未进。马也是人嘛！他这样想着，就把马头拉向左边。马就晃着屁股，穿过一行低矮的沙枣林，来到伊犁河边。看到河水的时候，他听到马的喘息声大起来，急促起来，就像他见到他的未婚妻前的感觉一模一样。

然后，那马就在冬末的月光下低下了头，像一只汲水的梅花鹿一样把脖子伸向河水，把嘴触到一块被什么人凿开的冰窟窿中去，他就听到了马把河水汲进喉管儿里的声音。这是一种令人感到十分愉快的感觉。

就在马饮水的时候，马的右蹄突然打了一个滑，他在马背上，身子往前一冲，一跟头从马头上翻了下去。几秒之后，他就在水里了。那感觉像沉船，他开始慢慢下沉。他的腿像他刚刚冲出母亲身体时那样蜷缩，两臂向上伸展，像一个走过黑暗冲向光明的人。他的头发像海草一样毫无意义地在水中漂动，耳朵里充满了河水舞蹈时的声响，寒意像针一样扎满了他的全身。他突然想到自己要死了，他的未婚妻，父亲母亲，还有他的生活像水一样灌进了他的脑子。他就咽了一大口水，又咽了一大口水。与此同时，一股水流冲过来，像一股强劲的风刮起一件晒在绳子上的衣服，他开始摇摇摆摆，滑向深渊。

他想，这可能就是死亡。人死的时候，原来是被风吹走的！

但是，就在他想到死的时候，有什么东西，连着他的手心，将他的身体向上猛地提起来。然后，他就像一只冲出海面的海豚，或上了钩的小鱼苗，在空中闪电一样地晃了晃，然后被重重地甩在伊犁河边上。他感到了地面撞击的力量，亲切而又无情。等他从耳边退去的水声中慢慢回过神来的时候，看见他的马正站在他的身边，粘着泥土的马蹄就在离他的眼睛不到两尺的地方不安地晃动，好像一名就要上前线的士兵。他的马惊魂未定，浑身的肌肉在战栗，耳朵像风向仪那样晃动，呼吸紧凑，好像犯了什么不可饶恕的过错，低下头来，吻了他一下，又吻了一下，粗糙的气息喷在他的脸上。他想用手擦一下脸上的水珠，忽然意识到手里紧紧地抓着马缰绳，便一下明白了刚才发生的一切，眼泪夺眶而出。

老骑兵对我父亲说：

死，并不是一件容易的事！

四十八岁的老骑兵从医院里出逃的那个晚上，独自坐在那棵沙枣树下，在黑夜里读他自己的长诗。而那个时候，他只是一个农民。在离他不远的地方，有他和邻居买买提阿訇耕种的土地，红艳艳的西红柿像红苹果一样挂满枝头，在离西红柿地不远的地方，伊犁河水流淌，就像血液流过他的血管。老骑兵的故事，不过是那河里的水，流过大地，便成为过去。

我父亲问他那天夜里是怎么回的家。

老骑兵说，半夜的时候，来了一辆驴车，主人是他的邻居买买提阿訇。买买提阿訇家有十亩葡萄园，八月里葡萄熟了就去伊宁市卖，葡萄卖完了，夜伴歌声回家。

买买提阿訇用维语问老骑兵你不是住院了吗？怎么在这里？

老骑兵用维语说在医院里他睡不好觉。

买买提阿訇说你不是要动手术吗？

老骑兵说挨刀子不是一件好事。

买买提阿訇叹息说，唉，真主给的病，真主自己治不了！

老骑兵说，挨刀子不是一件好事！

买买提阿訇就不再说话，赶着驴车往前走。歌声又响起：

我翻过了天山

走过那草原

来到了伊犁

看见了美丽的阿娃儿古丽

天涯海角

有谁能比得上你

哎呀美丽的阿娃儿古丽

老骑兵躺在买买提阿訇的驴车上，听着他的歌声，看着小路两边黑黝黝的树影在夜空中向后退去，向后退去，向后退去。他深深地叹了口气，把身子蜷缩成一团，不知道自己的出逃到底对不对。

但，事实证明，老骑兵那次出逃是正确的。那颗石头当真是在他的体内找到了永久的归宿。老骑兵用哈萨克语对我父亲说，四十多年来，它没有再兴风作浪。

我父亲哈哈大笑，说你是一辆老解放牌大卡车，油箱冒黑烟了，还能跑百八十里山地。老骑兵也哈哈大笑。后来，医生听过，哈哈大笑，护士哈哈大笑，我也哈哈大笑。

但是，这一次老骑兵好像在劫难逃了。

那些天，老骑兵背着双手在楼道里走来走去，像中世纪的王子哈姆雷特，思考人类永远也解决不了的那个大问题。死还是活着？他的儿女们谁也不说话，看着他走来，又走去。

他在楼道里走来，又走去！

那感觉就像走过夜空中的哈雷彗星。一个苦行者，穿过太阳系，穿过宇宙，一千年一个轮回，伴随他的永远是孤独和寂寞。

那些天，心脏监护仪上的一个小探测器套在他的中指上，头顶上的荧屏显示出他的心脏跳动，一条线一上一下，像有浪的河水缓缓地流过。荧屏上还有他的血压。老骑兵说，这真是一个好东西呀。晶莹的液体送进他的体内，他的儿女们告诉他这是德国的进口药，他就笑说德国人曾经杀死了伊万的兄弟，今天，我却用他们的药水水治病，还是政府出钱，这就像小孩子打架，不守规矩。这个世界不讲规矩！儿女们说，规矩不规矩，跟你有啥关系？既然政府给你出钱治病，就治你的病！老骑兵就笑说当然、当然。这道理还用得着你们给我讲？！

那些输入老骑兵体内的德国药水水，是用来扩展血管和稳定心脏的，显然是起了很好的作用，手术那天，老骑兵没有死掉，躲过一劫，平安地回到病房他的床上。

在生命的最后季节，他好像又一次逃离了死亡。

但是，事情就像小说里说的那样，“并没有那么简单”。因为年事高了，肌肉已经丧失了收缩能力，前列腺摘除之后，他的肚子上最终还是挂了一个引流的管子。老骑兵用汉语对他的主治医生和麻醉师说，挂这个东西，我宁愿死掉。麻醉师笑说，这有什么呢？它只是一个管子，不疼不痒，会帮助你把体内的液体排掉，如果没有它，小便就会失禁，你会像小孩子一样需要尿片子。而有了这个管子，你一定会活到一百九十九岁，还当一名了不起的骑兵。老骑兵说，要这个东西，我宁愿死掉。主治医生说，老人家，不要胡闹，你的心脏还不算很好。老骑兵就不再说话了。

这是他动过手术后的第一天晚上，他的小外孙子照顾他。他要了孩子的手机，和他远在天边的老伴儿说话。他们说的是锡伯话，我们听不懂。打完电话后，我父亲调侃问他和老伴儿说了些什么？老骑兵说，我的手术是她坚决要求做的，我说我插了尿管，她说插尿管有什么了不起，有她照顾我到老死。老骑兵说，这个老婆子倔得要死，我八十八，她也八十八，但她糊涂得要死。我父亲笑说，有个倔老婆子是你的福气。老骑兵就叹了口气说，男人死在女人的前边才是真正的福气。我父亲就不再说什么了，因为，老骑兵又提到了死。

那天晚上应该是一个轻松的夜晚。老骑兵安然度过了手术的风险，我父亲也快出院。

我又听到了那股风，像浩荡的洋流，将满天的行星吹过，行星像金枪鱼群一样骚动。于是，我又抬起了头，好像有人在我的脖梗子上狠狠地推了一把。什么也没有。有哪间病房里的病人输完了液体，护士办公台那边就响起了贝多芬的《致爱丽丝》，嘀嗒嘀嗒、嘀嗒嘀嗒、嘀——然后护士的脚步踏着风声，踏着金枪鱼般骚动的星辰进了那间病房。

黑夜的手依然抚在窗子上。

老骑兵的外孙子在酣睡中。我的目光跃过父亲的身体看了看老骑兵。那盏灯依然托举着他。他的身体在灯光上，吊瓶里的液体落下，荧屏上的弧线一上一下平稳向前，像月光下游动的木马。

我感觉到了一股前所未有的宁静。安静，也是一种幸福，意味着没有什么危险。

我再一次把头附着在父亲的手背上，沉沉睡去，忽然就感到老骑兵从床上站起来，走过我的身边，到走廊里去。走廊里有一匹马，从走廊西边的那个窗里走进来，来到老骑兵的身边，老骑兵就翻身上了马，向走廊东边的窗子飘去，像一束光一样穿过玻璃窗。我像说台词那样向他高声喊，我说，老人，您慢点儿！您慢点儿！您慢点儿！有人就在我的身后像做梦一样说，让他走吧，老人想走，就让他走吧！只可惜了他那五个灵光的舌头，现在，有五个舌头的人已经不多了。

我就回过头，发现说话的人是我父亲。

那以后，晨光开始流进楼道，记忆也随之混乱起来。吸尘器从楼道西边的一个门里出来，向我们走来。它的电滚刷卷走所有尘封的记忆。

有人在我的脖梗子上有力地推了一把，我抬起头，是我父亲。父亲的脸色严肃得像一尊雕塑，目光看着老骑兵床头上的那个荧屏。那条游动的马已经放平，把时光抛在一边。

楼道骚动起来了。

我们退出了屋子，让医生和老骑兵的家人进去。我们听医生说，老人拔掉了那根引流的管子，拔掉了氧气管子，还有针头。心脏已经停止跳动。这一切发生在大约四十分钟前。

值班的小护士，坐在楼道里一个蓝色的条凳上，像一个失窃的人，脸白白的，目光空空的，神情无助而又委屈，喃喃地说，六十分钟前她查过老人的血压，换过吊瓶。那个时候老人醒着，目光像四十天的婴儿那样在淡蓝色的屋顶上漫游……

值班护士说这话的时候，我扭头看了一眼东边的天空，那里正有几层晨云横亘在天山顶上，覆盖着晨光。宇宙的风在那里漫卷，把最低的一层云下一团小小的云吹散，那云就像什么人记忆中一抹遥远的故事，一点一点消失，最后与晨光融为一体！

石头上的马

母亲说，七月了，该打草了。

父亲也说，是的，七月了，该打草去了。我们去打草。

之后的一天，我和父亲上路了。那天，父亲借来场里的马，还借来了场里那驾平板马车。父亲把驭马往板车上套的时候，那匹毛色有点发黄的马，就高高地昂起了头，眼白几乎占据了全部眼球，马脸上的肌肉紧张地抽搐，鼻翼好像松软的皮套，呼哧呼哧喘着粗气，像一个被吓坏了的少年，或一个士兵，胸口突然中了致命的枪弹，捂着流血的伤口，一步步后退着，向身后的悬崖绝壁倒下去。我看见了它眼里的恐惧与紧张，就好像它将踩空整个世界——这个英雄的士兵！黄马的身体向后坐，紧张地退着。父亲轻轻地说着："吁！吁！吁！退，退！"父亲的声音，听起来很像场里的车把式——那个叫司马依勒的人。父亲发出这种声音的时候，我轻轻地松了口气，那驭马好像也轻轻地松了口气。它被架到马车的两根粗大的套杆之间，它点点头，从松垮垮的鼻孔里发出声响，好像要把落在鼻孔里的尘土或小虫子什么的喷出去。然后，就见父亲摸索着套了马龙套，扣了马车的绳绳扣扣。父亲很不专业，毛手毛脚的样子让我感到焦虑。父亲不是车把式，他应该站在讲台上上课，拿着教鞭，敲敲桌子，偶尔用眼角狠狠地看看某个不听话的学生。讲台上的父亲，应该更像父亲。

然后，黄马就带着我和父亲上路。马车启动的时候，我看见了头顶上那颗名叫乔盘的星星。它明亮地挂在天上，召唤即将初升的太阳。我知道，在太阳出来之后，它将把自己淹没在太阳的光芒里，像一粒消失在大海里的珍珠。

我们先下了小桥，上了场部那边的土路；再然后，过了小河坝，翻上小山梁；再然后，就上了那条去将军戈壁的路。我们去打草！方向是场部东南方向，近三十公里远的地方。临走前，我母亲婆婆妈妈地给我父亲讲了许多有关注意安全的话。无非是让他驾车注意看路。妈妈的意思，我理解，大概是说，在这将军戈壁上，人不过是鸟虫。而戈壁上的三十公里路，在虫虫们的世界里，等同于三千里路云和月。蚂蚁上树，头顶满天风雨。

马车的车轮发出声响，我们走在沙石路上，车板上有我，还有一把柄子很长的草镰，像一个很大的阿拉伯数字“7”。父亲用布包住了它的刀锋，用绳把它固定在车栏板上。除外还有一根约两米长的小棍子。棍子只是随意地放在车板上，走动的时候，它滚到我的脚边，又滚到车栏板上。它是一根奇怪的小木棍，像是被什么人粗糙的手打磨过，很光滑。这不是我们的，是车把式的，一定是他割草，或敲碎什么东西用过。也许是镰刀柄，抑或是斧头的把儿，帮老车把式做过很多事，只是，现在，老车把式不用它了，又舍不得拿去烧火，就扔在车上。哦，当然，也许老车把式还会用得到它。哪怕敲打他的这匹驭马，抑或做别的什么用。此时此刻，它就在我眼前滚来滚去，而我必须得控制好我自己，否则，也会像它那样，滚来滚去。

父亲那里，没有歌声。我只看见他的背影。在他的头顶和一对宽大的肩膀上是又深又蓝的天空，没有一丝风，一片云。天空的乔盘星已经完全隐去，而几个小时前，天空还是星辰倜傥。

这么大一片天地，属于我和父亲！

父亲终于说话了。他指着远处的一座孤独的小山说：“那座山叫巴勒布干。”

然后，他又指着另一座山说："那座山叫黄羊山。"

但，我问父亲："我们究竟去哪里？"

父亲却用下巴指指前边的山回答："那座山叫大乌拉斯泰。那座山，叫小乌拉斯泰。"

我看看他指的那些山。它们远在地平线，像什么人家遗忘在荒原的一堵高墙，沉默而又孤寂。

我又问父亲："爸，我们究竟去哪儿？"

父亲用他的眼角看了看我，目光里有几分戏谑。就是那种，一个大人自以为给一个小孩子隐藏了什么天机，到点儿，就给小孩子抽底亮牌的感觉。只是，在抽底亮牌之前，一个孩子，必须学会忍耐，锻炼自己的耐心。我无聊地闭了下眼睛，然后看远处的黄羊山。

父亲说："别急，我们要去的地方，叫艾尔海特！"

听得出，父亲的语气里虽然已经带着几分妥协，但依然有所保留。这样，我就真的把目光投向遥远的黄羊山，那座看起来像一块三角一样的岩石山。那三角的小山在空旷的天幕下，在无垠的将军戈壁上，在奢华的日光中，透出些许蓝光和紫气。好像很历史，很时空，也很沧桑的感觉。我看着它，用我大概只有十二年的人生积累，去关注它。事实上，直到后来我才知道，那个时候，我才开始学习什么叫忍耐，锻炼自己的耐心。旷野教给我们的，最重要的就是耐心。

我们的车继续向前，黄马带着我们向前。父亲偶尔很多事地挥挥马鞭，叫黄马快点走。而事实上，黄马一直在很努力地向前走。虽然从它的身后看上去，它的形象实在有失大雅，圆圆的屁股偶尔排出一些秽物，偶尔还用它的尾巴打掉骚扰它的牛虻。从它的身后看去，还可以看见套在它脖子上的龙套。龙套是帆布做的，像一个肥大的马香肠，有几处烂了的孔，露出些许麦草，还有几处被缝过了，显出车把式的细心。

父亲继续说话，以使这戈壁显出一点人的气息。父亲说，黄羊山实际上是一堆大石头，一块接着一块的大石头，层层叠叠的大石头。大概，它们本来就是一块石头，一个不知的原因，把它们分散开来，扔在这无垠的戈壁滩上。事实上，它们大得差不多可以构成一座城市，有楼房，有街道，还有广场。

我没有见过城市，父亲见过，在我出生之前，他和我母亲就生活在大城市里。大概是为了我的出生，他们选择了这个有黄羊山的地方。所以，关于城市的话题，尽管由父亲自己去演绎，于我还是有些遥远。我没有见过城市！

父亲继续说：“黄羊山那个地方有意思得很，一口泉没有，却可以从石头缝里长出野大葱。不光如此，那里还是牧人最好的避风港。春秋冬末，牧人转场的时候，遇到冰雪，只要人畜躲藏到里边去，准保万无一失，万无一死。”父亲说他亲眼见过阿勒泰清河县的牧人，在那里躲避风雪灾害。那时，他跟着场里的人在清河牧人转场遇灾时，给他们送去救济品。清河县的牧人从阿勒泰的高山牧场，赶着牲口到天山博格达峰下的沙地过冬，来回一趟最远的近七百公里，历时半年才能走完。所以，路上遇个雪天是常有的事。这么大的戈壁滩，总会有避风的地方。而那黄羊山，就成了他们临时的家。

父亲一直在讲话，讲他们是怎么去救济遭了灾的牧人。比如说，清河县属于地方上管理，跟兵团的团场没有直接关系，但是，大家都守着这一片天空，有灾有难的时候，彼此之间，伸手拉一把什么的。父亲大概还说了军地不分家之类的话，我只当是在听他训话，但心里头却对父亲的话半信半疑。也许，他在夸大其词。父亲看我一眼，又看我一眼，目光里，又有了几分戏谑。

父亲问："怎么，去救人，有什么不好吗？"

我笑笑，摇头。

父亲又琢磨我一会儿，然后，也摇头。大概是在说，瞧你这个孩子，多奇怪！

我说："爸，您刚才不是说过嘛，那里一口泉也没有，人畜为什么要躲到没有水的地方去。也许，那才是真正地找死。"

父亲笑了笑，用马鞭指指天空，说："看，死不了。"

我显然又没有听懂。

父亲说："傻瓜！雪呀！下雪呀！有雪了，哪还怕人畜没有水喝！要不然，这偌大个内大陆，怎么会有牧人的活头。"

我听不懂什么叫"内大陆"，但可以猜出那一定是一个很大的地方，大概不会太远，就在黄羊山那边。就又看那紫气中的黄羊山。在黄羊山的那边，是更大的将军戈壁。再往前去，便是博格达山。那山，像打蛔虫的宝塔糖。

马车继续向前，发出声响，只为我们父女俩而鸣。我们进入一片黑色的乱石山包，沿着松软的沙石路向前，就好像在一跳棋的格子里边向前走。车板不再剧烈地晃动，那根光滑的木棍被卡在车板的缝隙里。一只黑色的鸟儿跟在车旁。一会儿落到山坡上，一会儿落到路边的一簇骆驼刺旁叫着，小脑袋灵巧地转动，左顾右盼。然后，又一只鸟飞来，又一只飞来。它们在空中飞翔，只把翅膀一收一放，收紧着身体，像什么人射出的箭镞或抛出去的石头。这样的飞行，让我目瞪口呆，明明是有一对好好的翅膀，怎么就不好好地飞？相比之下，一只蜻蜓，或一只蚊子的飞行，更像是在飞行。但是，它们确实快乐，像一群坏少年，在山里追逐打闹。在我们到来之前，它们一定是躲在什么地方。我们来了，它们出来了，只为它们的恶作剧。它们嘻嘻哈哈，蹦蹦跳跳。

太阳高高挂起，光芒万丈。

我们的车一直向前。路边的小山包上偶尔会有一堆石头，垒成小塔，立在黑色的山包顶上，好像一个孤独的人，缩着两只胳膊，等待一个永远也不会到来的人。那个人的到来虽然遥遥无期，但他必须等待，否则，便会错过一生中最重要的事情。我们不过是他眼中一位无聊的过客，一束流走的光阴，一声随风而去的笑声。他就那么站着，先是站在我们的前方，然后站在我们的正侧方，再然后站在我们的后方，再然后，消逝在山影中。于是，又一个出现，又一个消失在山影中。

我问父亲为什么有这样一些石头？

父亲说："那是牧人干的事。"

我就想，牧人们真是有趣，一定是没有事儿干了，才会把游戏做到这里，就是父亲刚才说过的所谓"内大陆"。内大陆！内大陆！

但是，父亲却说："你可别以为牧人们闲得无聊！"

我屏住气息，像一只听涛的水鸟！

父亲说："谁还有闲心在这里做游戏，那是牧人的路标。看吧！这些山，都长成了一个样子；还有这些路，也都长成了一个样子；还有，这些植物——这些红色的柽柳，这些开着黄花的骆驼刺，还有这些开着小红花的麻黄草，它们都长成了一个样子。它们会把人的判断力搞乱，找不到回家的路。所以，得有这样的路标。”我恍然大悟，联想到在小人书上看到过的插图，这些石头一定就是那些大海里的灯塔。小人书里，黑白的木刻画上，大海的灯塔射出来的光，像被刀子削过的一样，刺棱着，把又硬又粗的光芒射向黑色的大海，让大海的波涛皮开肉绽。

父亲又说：“这些石头，有的也许已经有好几百年，或者上千年了。”

我觉得自己要喘不上气来了。上千年！那竟然是千年以前的人做的事情？！我的关于游戏的全部经验，大概在那一刻被颠覆了。一个牧人竟然可以把他的游戏玩到上千年，而我的经验却只有短短几年。我想，我这一生，关于时空的认知力，可能就是从那些立在路边的小小的石头塔开始的。它们让我知道了，在我之前，这个世界，已经有过无数个千年！

然后，我把自己在车板上放平，眯缝起眼睛，与天上的太阳对视。马车继续向前，黄马的蹄踏着松软的沙石地，车轮的摩擦声越发悠扬。耳边还有刚才那几只飞鸟的叫声，偌大的将军戈壁，只有它们三个在游戏。而空中的太阳就在我的眼前，一轮一轮，一层光亮又一层光亮。姹紫嫣红、明晃晃的水银，在太阳的脸上晃着，好像一不留神，就会从太阳里溢出来。我想对父亲说，爸，您让马走稳点，再走稳点。小心那太阳，那太阳，小心马车把太阳晃下来……

但是，我却听到了父亲的脚步声。那是从马车上跳下的那种声音，厚实地落在沙石地上。

父亲说："下来吧，我们到了。"

父亲说这话的时候，我抬起头，看父亲，他却处在一片黑暗之中。那黑暗中好像还透着墨绿色的光。妈妈染羊毛的时候，溶在清水里的颜色就是这种感觉。我感到些许恐惧，这种黑暗的感觉，正在我的眼前向整个世界蔓延，天空、远山，都变成了黑色，原本寂静的世界，更加寂静了。那三只鸟的叫声也已经隐去。父亲在墨绿色的黑光中拉着马车，走向一处洼地。车板摇摇晃晃下行，而驭马用身体，准确地说是用它那肥硕的马臀顶着向它俯冲的车体。

父亲也把身体靠在马车的前把上，一些尘土被我们扬起来，然后，我们进入了一片草丛。我闻到了绿草的清香。

父亲又说：“下来吧。我们到了。打草的地方。”

我揉着眼睛，心里依然怕着，这黑色的透着墨绿色的光！

父亲笑说：“哈！你竟然敢看着太阳?！当心，太阳是不能看的，当心哪天阳光灼伤了你的眼睛。阳光里有紫外线，你这傻孩子，高原地区的紫外线是很厉害的。好了，那你先闭上眼睛好好坐一会儿。你这个傻孩子。”

我坐下来。闭上眼睛。

然后，我听见父亲卸了驭马。那马应该像一条水中的鱼儿一样，滑出车板的两根套杆儿。然后，肯定用它灵巧的马尾驱散向它围拢而来的苍蝇。再然后，它就迫不及待低下头吃草，用它的牙齿咬断青草。它一定让它的嘴碰着了草根。我听得出那种感觉，实际上，马和牛的嘴皮都很笨，远远比不得山羊和骆驼。我从来就没有见过一匹马，会像一头骆驼，或一头长颈鹿去吃植物的枝叶。

几分钟之后，我睁开了眼睛。黑暗似已退却。马车就在我的身边，歪着身子，干枯的木板，磨光了的车轮，像被人忘却的一件小事，荒凉着。阳光依然强烈地照在上面。果然有几只苍蝇落在车板上，很恶作剧的样子，你碰碰我，我碰碰你，还用它们的两只前脚，洗它们的眼睛。或许，它们的大眼也被太阳灼伤过吧？！

世界显然已经开始在我的眼前复苏了。我听到了草丛中草虫们的聒噪，此起彼伏，把草地变成一个巨大的卖场，却看不见卖家的身影。顶多在近处的草根和芨芨草的叶子上看见几只红蚂蚁、七星瓢虫、苍蝇，还有几只小巧的蓝色小蝴蝶，或绿得发亮的小虫，经不起拿捏的那种。而它们看上去并不吵闹，安静得像老天最听话的孩子。一阵微风吹过，一股清香扑面而来，是野薄荷草的气味。我熟悉这种草的味道，就像它是我们家的草。因为，母亲常用它来煎药。我看见它们就在离我不到十米远的地方。我走向那里，一股清泉从高处流向我这里，足有三四根木头那么粗。水流温柔地滑过水中的青苔，那青苔就像女人的秀发闻风而动。然后就是那些开着紫色小花的野薄荷。

直到这个时候，我才完全看清眼前的一切。我们打草的地方，果然是一个绝好的去处。一片小小的绿地，被裹在一圈小山中间。山体全部是朱红与黑色相间。东北面连着北塔山遥远的主峰阿同敖包；西南面连着将军戈壁那些跳棋一样的山体；正东方向，还有一堵近二百米长的石筑的圈墙。然后就是芨芨草滩和白色的盐碱地。我心里突然有了一股游戏的愿望，这么一个小小的天地，也许应该给孩子们过家家更合适。父亲说黄羊山里的那个小广场，大概就是这样子。

然后，父亲打草，用那把像阿拉伯数字“7”一样的大镰，一片一片把草们放倒，根本无暇跟我说话。太阳已经走到中天，虽然变得很小，却变得很亮。我不敢再去看它，而是尽量像一个老头那样，用自己的额头和眉骨遮住它的光芒。父亲偶尔命令我把他打下的草，拢到一起。我就照着去做。

眼前的一切，并不像我前两天想象的那样。这里虽然是游戏的好地方，却没有任何游戏。我跟着父亲正在经历的一切，仅仅是一次例行的打草，像任何一个牧人一样，到了七月，就要把长在野地里的草打下来，以备牲口过冬的草料。我们家有一只奶山羊，到了冬天，它将享用今天父亲为它付出的劳动，然后回报我们。

父亲一直在干活，直到下半天的时候，才有空休息。他在那片石头圈下架了火，用茶壶从小溪里端来了水，煮了茶，兑了奶子，然后，我们父女俩一起吃我们的午餐。所谓午餐，也只是一些简单的干粮。那期间，父亲问过我“是不是感到寂寞了”“不让你来你偏来”“打草很苦”之类的话。还说我们刚才烧茶架的地灶上的几块石头，在我们之前，肯定有不少牧人用过，石头都烧成黑色了，或许一千年前就有人用过之类的话。还说了一些他自己少年的时候，跟我爷爷去打草，掉进了特克斯河里，被人救起的事。特克斯河，我没有去过。但父亲说我去过，那还是在我三岁的时候，他和母亲带着我去伊犁他的老家。而伊犁，在我的印象中，一定不在他说的“内大陆”上，或许在一个海岛上吧，像小人书里的一样。

然后，父亲就看了看天，空中有散散的云，像被撕开的棉絮。那匹黄色的马，站在草丛中打盹，像一个木偶。只是那尾巴还算灵动，不时拍打牛虻和苍蝇。马车还停在草地上，像古老的战车。父亲突然想起了什么，“看见了吗？”他指指身后的一处岩石。

我问：“什么？看见什么？”

父亲眼里露出不满的神情，大概是在责怪一个小孩子的目光，怎么会这样缺乏灵气。小孩子们的目光，原本就是用来发现这个世界有趣的秘密。

父亲又认真地指了指他身后的那块岩石，责怪地强调：

“看呀！你自己看呀！”

我把目光投向那块岩石。那是一块小小的断崖，背着太阳，向里倾斜，好像一个弯腰的人。那岩石是朱红色的，干枯的样子，我只看见了它朱红的颜色。父亲又问我：“看见了吗？”

我说：“没有看见。”

父亲一边说我笨，一边走到小崖下去，登上几块大石头，然后，在四五平方米大小的一块岩石上，用手划过。

父亲说："看见了吗？这些马。"

一股光芒穿透了时空，向我扑来。我深深地倒抽了一口冷气，好像捕捉到来自另一个空间的问候。那朱红的岩体上，果然有一群马，静静地站着，像断了把儿、掉了齿的木梳，大大小小，面面相觑。最大的近在眼前，最小的远在岩石的深处。

"谁画的？"我小声问父亲。

父亲摇摇头。

"谁画的？"我又小声问。

父亲却自言自语："不知道他们是怎么画上去的？"

我问："他们是谁？"

父亲又自言自语："这样坚硬的石头，他们是怎么画上去的？用镐头？刀？或者石头？或者别的什么东西？他们是怎么画上去的？"

父亲看着那些马，差不多忘了我的存在。然后，他弯下腰，捡起一块石头，在石头上敲，企图也画一匹马在岩石上。只是，他没有直接去惊动石头上的马，而是换了另一块岩石。但他手中的石头几乎没有在岩体上落下任何印迹，自己就碎了，就好像一粒子弹打在花岗岩上，当啷落地。父亲摇摇头，自嘲地笑笑，然后拍掉手上原本就没有的土，再然后，从脚踩的石头上跳下来，回望那些马。而那些马，纹丝不动，丝毫也没有受到我们的惊吓，好像我们的存在，在它们眼里，只是落在马屁股上的几只小虫。

我小声问父亲："这些马是谁画的？为什么要画在这里？是谁画的？"

想必，父亲一定认为我是在捅他的马蜂窝，我会永远问下去，像任何一个麻烦的孩子。

父亲大概不想回答连他自己都说不清楚的问题，但却瞎猜说："这应该就是人们说的岩画。这上面的马，一定是什么人的爱马。"他还说，他曾听他父亲说过，古时候一匹马，就是一个军人身份的象征。军人死去，爱马一并下葬。而一个军人，至少有两匹马，战死一匹，另一匹续上。军人会用各种方式纪念他们死去的马。

我问："那军人跟谁打仗？"

父亲终于用一个不耐烦的目光看了看我，不再说话，转身离去，拿起草镰，继续打草，把一个天问留给我自己去想。我咬紧了下嘴唇，把两只手插进两边的裤袋里，像一个冷风中等待母亲的孩子。

太阳下去，紫气上升。

我什么也没有想出来。我不知道它们是谁画上去的。

黄马又被父亲架到马车上。父亲在高高的草垛间，给我做了一个小小的窝。我趴在草垛上，目光向下。我看见了父亲的头顶，看见了他那被太阳晒白了的帽檐上的汗渍。黄马的身子长长地架在马车中，马具的皮绳捆绑着它的身体，像一个裹在襁褓里的婴儿。我可以看见它长长的脖子，结实的肩胛骨，还有厚实的大腿。它稠密的马鬃，垂向两边，被黄昏的小风漫卷，那两只耳朵像一对月牙或竖起的剪刀。黄昏时分，从黄羊山那边透射过来的日光，洒在它浓浓的睫毛上，再配上它漫过额头的额鬃。那是一副马的媚态嘛！

突然，一股伤感涌上我的心头。我说不清楚究竟是为了什么。是因为父亲无法回答的天问，还是为自己的无知？说不清。事实上，这本不是一个不谙世事的毛孩子所能想象的，因为它过于遥远了。我的感伤那么简单，在我和父亲驾车远去的时候，我回头看见那逆光中的红色小崖和石头上的那些马。然后，它们印在我的眼睛里，黑夜很快就要降临，它们会站在石头上，面对那片只有一小股水和一片被父亲割了草的小草地，晚风会吹在它们身上。没有人会想到它们，没有人会看到它们，没有人会注意到它们。在这个世界上，没有人给它们捧场。它们将继续面对无尽的寂寞！

那以后的很长时间里，只要有人提起艾尔海特或者打草之类的话，我就会想起那些画在岩石上的马。有一年夏天，空中出现了一颗带尾巴的星星，在整个夏天里，它从东天的夜空，移到西天的夜空，在夏末的一个夜晚，消失在西天星辰落下的地方。我一直想着那些马，它们就像那颗孤独的星星一样，穿过我们的头顶，继续向宇宙深处移去。而宇宙浩瀚无垠，永远不会有它们落脚的地方！

天亮又天黑

叶森家的长子媳妇走向她家牛舍的时候，心里想着丈夫，还有她家的那匹马。今天一早，她丈夫就牵着马走了，现在应该已经到白桦林了。他去给度假村的一个女老板打工。女老板叫玛尔吉娅，是个单身女人，带着一个孩子，在度假村里开了好几顶毡房，取名叫桦林农家乐。但桦林农家乐的那些毡房没有一顶是她自己的，都是她从别人那里租来的。其中有一顶，正是他们叶森家的，几天前送到玛尔吉娅农家乐支好。那毡房不仅从今天开始正式营业，而且它的主人，也就是叶森家的长子，今天也正式去她那里打工。

叶森家山下有十几亩耕地，山上有上千亩草场，百十只羊，十几头牛，还有马。每年夏天，叶森都带着他家老二，赶着牲口上山，留下老大照看山下的十几亩地。这叫转场，是老传统了。虽说这些年定居的人多了，上山的人少了，但是，叶森老爷子还是要上山，也说不上思想保守不保守，反正，他习惯这样。这样，山下的事儿，也就交给老大了。

事实上，这些年那十几亩地的一大半儿，也已经包给了一个外地人。所以，好几年了，叶森家的长子基本上就没有太多的事儿做。他是个老实人。老实人，往往意味着笨手笨脚又笨脑。加上，叶森家的长子媳妇也是个老实人，日子也就过得老老实实。两个老实人在一起，也不觉得对方不争气，日子也就这样一天一天地过去。农闲的时候，两个人顶多照顾一下家里的那头奶牛，还有那匹黑马。

奶牛，是叶森留给他们过日子的，喝喝奶茶，酿酿酸奶，再存点儿酥油，日子也算过得不错。事实上，奶牛也用不着他们去管。因为，村里像他们这样的人家不在少数，大家都有地需要照看，又都少不了要喝奶。而且，这些年定居下来的人家越来越多，家家都有一两头奶牛，奶牛多了给大家都带来麻烦，不是踩了人家的苗，就是毁了人家的田。奶牛就得有专人来照顾。照顾奶牛的人叫热合曼，是村里的老牛倌儿。他在山上没有夏牧场，就在村里当牛倌儿。所以，每天早晨牛倌儿热合曼把村里的奶牛一起赶到沼泽地那边去，然后村子就安静下来。

奶牛被热合曼赶走了，小牛就得自家人来照顾。所以，叶森家的长子媳妇这会儿就走向他们家的小牛舍。

她走向小牛舍的时候，天已经亮了很久。云已经在空中，只是，它们在村子西边那片沿天际而去的白桦林上空无声地升腾起来，然后就浮在空中不动。云和林子挨得很近，团团的绿树，团团的白云，都软绵绵的，好像手工做的，也就越发使天空显得无边的广，时间无比的长，好像世界没有尽头，那村子的土街也就显得越发的安静。

叶森家的长子媳妇进小牛舍去干什么？当然，也是要让它们去吃草。它们是不可能和奶牛一起跟热合曼出牧的。这是奶牛和主人之间的旷世协议，没有人知道这个协议在这个世界上已经延续了多少个世纪。反正，早晨，奶牛一定会出去，酿足了奶，晚上再回来跟主人分享一天的收获。

只是这个协议现在执行起来好像有些难。毕竟这是在村里边，不是在大牧场上。大家都住在一起，房前房后，又都有人家的菜园子和牲口的窝棚。村子里的路虽说是土的，但也有规矩，不能让牛粪满地！况且，路边上都种了小树，就在路边上，像半大的小孩子，被谁毁了都可惜。而牛倌儿热合曼已经占了沼泽地上那一大片草甸子，这样，村子里的牛犊子们，差不多就没有多少地方可去。村里人就只好用绳子拴住牛犊子们的脖子，在某块苞谷地或大豆地的地埂上，或白桦林荫下的一块草坪上，打一根小木桩子，把它们拴上，等黄昏奶牛牧归前，再把它们拉回来，拴在圈里的另一根桩子上就可以了。只可怜这些将来的大牛，年纪轻轻，又正是孩童般的年龄，就这样整整一天都被拴在某个桩子上，而且还要等到晚上女主人挤完了母亲的奶，才能得点自由。唉，这也怨不得谁。人多地少，夏牧场和冬牧场都紧得要死，何况是村子里。

叶森家的长子媳妇拉开了门，红色的小牛犊子就低了头，向门这边走来。它动作看上去虽然有点鲁莽，呼哧呼哧的样子，却很合作的。对一头小牛来说，出去吃草，肯定比关在舍里好。

然后，叶森家的长子媳妇就拉着小牛出牛舍。就在小牛出门的时候，一只小小的红蜘蛛像在梦里一样，挂在木栏上。小蜘蛛刚被一阵小风从她家院门边的炭房檐下那根陈年麦草上吹起来，它只在空中晃过几下，就连蜘带丝飘到牛舍的木栅栏上。那小蜘蛛就像喝醉了酒，糊里糊涂晃晃身体，然后沿着细细的蜘蛛丝，奋力向上攀登，就好像海边收网的渔民。它的小眼睛一定看到了红色的小牛犊穿过牛舍。对它来说，牛犊的红色的身体一定波澜壮阔，就好像村子里的人常常看到的火烧云。太阳下山时，那火一般的云总是在西天际上，红成一片。

事实上，叶森家的长子媳妇自然不会理会一只红色的小虫子。她更关心自己的小牛，把它脖子上的绳子系好，然后拉到它该去的地方。小牛犊虽然只有几个月大，但也算得半大的小子，拉动它也不容易。也巧，叶森家的长子媳妇是牛年生人，且是O型血的牛人，也是一根筋。

西边林子上空的云还在那里，长长的，好像手牵着手的剪纸小人，有眼无珠的样子，还张着嘴笑，笑得一模一样。叶森家的长子媳妇就向那几乎天天能见到的云看了一眼，然后就关了牛舍的门。那不过是几根细一点的木头搭在一起的栏杆儿，有点像渡河用的木筏子，经常被人手摩擦，滑滑的，手感很好。

街上不见一头牲口。路面上的尘土被前日的一场雨水浸泡过，又被昨日的太阳烘干了，有车辙和一些牛蹄印或马蹄印，哦，当然还有人的足印，都不太像样地落在前日的泥泞里，被时光一点一点忘掉。但那土路还是过去的土路，依然沿向村的边边，绕过最北那户人家院旁的白桦树，然后掉到坡底下去了。坡下是一块巨大的沼泽地，土路掉下去就掉下去了，村子里人谁不知道，它依然会向前去，穿过沼泽地旁那片白桦林里的那座黑色的木桥，然后接到一条不太平整的县级公路，再然后就直奔镇上去。

按说，拴牛犊这样的事，应该由小孩子们去做，但是，叶森家的长子媳妇命里注定没有这个运气。她自二十岁上和叶森家长子结婚，结婚十年挤过那么多奶牛，拴过那么多头牛犊，但她自己从不知道一个女人奶孩子是什么滋味。她没生过孩子。叶森夫妇曾想过让他们夫妇从兄弟家抱一个孩子过来，但现在，抱孩子养孩子的事，哪比得了过去？过去只要某个头人发了话，就会有孩子过户到名下，现在，谁还愿意自家的户口簿上平白无故地少一个人。况且，真的要收养一个孩子，办手续还得费一番周折。所以，这些年来，她就像一个村里的小孩子，除了上学读书做功课，凡该由孩子们做的事都由她去做了。有时候，想起这事来，她的心里总是有点苦苦的。或许，这也算得她的宿命。

而这会儿，她的年龄才刚刚三十出头。如果是一头奶牛，正是最好的生育年龄。

叶森家的长子媳妇凭借她的牛劲儿，把那头小牛犊子拉到小土街上。走上乡间土路，小牛已经顺从了她，她却像刚才发牛脾气时的小牛一样，不由自主地咽了一口唾沫，又咽了一口唾沫。小牛咽唾沫，是因为脖子上的牛绳勒得它难受，它必须用唾液来润滑被刺痛的喉咙，但她却是想借此把一段时期以来一直压在心里的一抹委屈咽下去。但是，她委屈什么呢？村子里的人，也许知道，也许不知道，也许关心，也许根本不关心，说到底，这是她的事。她必须时不时把这种感觉咽下去。

当然，这并不容易。这股长久以来的愁绪，看起来有些顽固。自从它占据她心里的那一天起，就盘踞在她心里边不走了。就像西边林带子上的那些云，好像在卡通片里，就在一个位置上，不断复制自己。就像日本卡通片《三千里寻母记》里那个顶着风雨去寻找妈妈的小男孩儿，被暴风雨梦魇着，既找不到母亲，又看不到前途。叶森家的长子媳妇读小学时，在黑白电视机里看到过那个孩子，就是这种感觉。况且，就在她家毡房被送到玛尔吉娅家的那天，她梦见丈夫掉进水里了，是一片浑水，她和他一起到了一个渡口，准备把去夏牧场的羊群渡过额尔齐斯河，可就在丈夫与羊群一起渡河的时候，他滑进河水里，她就声嘶力竭地喊……

这使她预感到，跟她共同生活了十年的丈夫，也许正在远离她而去。也许女人都这样，她的祖母，祖母的祖母，祖母的祖母的祖母，都这样，一点都不新鲜，又古老，又原始。所以，这样的梦说给人听，一定会让人笑话。但是，叶森家的长子媳妇，确实有点不能自拔的感觉。

她每天都想自己，想得很稠密。比如她想自己为他、为这个家付出得太多太多。婆婆早年去世，公公也在几年前因脑溢血落下半身不遂的毛病，差不多花完了家里所有的积蓄。她嫁到叶森家的这些年，几乎一个人支撑这个家，权衡亲戚邻里家常，整整四年，她像照顾一个小孩子那样照顾一个差不多丧失了全部理智的老人……

总之，叶森家的长子媳妇觉得自己有些委屈。

她这样想着，拉着小红牛走到村子的土路上去。土路凝固着人畜的足印、车印，在叶森家长子媳妇的脚下向前延伸。它会在不远的地方拐个弯儿，然后掉下坡去，再进白桦林里去。小路掉下坡的那个地方，住着村里最大的奶牛专业户哈孜别克一家。他们家的院墙很高，是红砖砌的。他们家的大门也是铁做的，雕着花纹。他们家牛舍在红色院墙的后边，差不多挨着土路。叶森家的长子媳妇拉着小牛走过的时候，小牛就叫了一声，又叫了一声。那牛舍里的几头壮硕的奶牛，就慵懒地看看她和她的小牛，然后静静地反刍。叶森家的长子媳妇就骂了一句小牛："你这个挨黑死病的东西。走！"没有人知道她为什么愤怒，或许她还想着丈夫现在已经在桦林农家乐给玛尔吉娅打工的事儿，还有他们家的那匹马……

在桦林那边，一年一度的农家乐已经开业一段时间了，跟去年没有什么两样。度假村里来的客人大多是乡上来的客人，县里来的客人，还有地区来的客人。村里人一般不大去那儿。这些客人，大多也到玛尔吉娅的农家乐来，很少去别人家，因为她的毡房都很大，经营得好，饭菜可口，不仅有大众饭菜，还可烧红嘴雁。玛尔吉娅手下有一个做饭茶的小伙子，还有几个村里的姑娘。别人的农家乐都有人唱歌，玛尔吉娅的农家乐不用别人唱歌，她自己就会唱，就是应付地区来的客人，她也拿得下，所以，玛尔吉娅的毡房农家乐差不多成了乡上和县上的定点农家乐，玛尔吉娅也就很忙很忙。今年，她这里依然很忙，因为，她的农家乐越做越大了。如果说，她的生意跟去年有什么不同，那就是她多了一顶毡房，多了一个助手，也就是叶森家的长子。

叶森家的长子第一天打工，自然不会有太多的事儿做。事实上，他对农家乐的事儿还很陌生。玛尔吉娅倒是对他很客气，张口闭口都带着“您”字。事实上，玛尔吉娅确实也还没有想好让他做些什么事儿。让他做饭，肯定不行。让他洗碗筷，肯定也不行。到乡上去采购，做做粗活，可能还行，但那也需要一段时间。况且，这些日子采购的事已经做了一些，暂时不需要。当然，他可以帮忙宰羊杀鸡、烧火什么的。但，毕竟人家是第一天上班，她也就只能让他先多看看。

叶森家的长子牵着他的黑马过来，玛尔吉娅就把那个做饭的小伙子叫来，向小伙子介绍了他，还特别强调新开的五号毡房是从他家租来的，而且他跟她还是同龄人，希望小伙子叫他“大哥”，往后多帮着点他。那小伙子就笑着，向他致意，然后晃了一下头，说：“这边请。”叶森家的长子问：“我的马怎么办？”小伙子看看他，笑笑，也不说什么，接过马的缰绳，拴到一边的一棵小树上，然后，叶森家的长子就跟着小伙子到烧饭做菜的塑料棚那边去了。小伙子刚才正在串烤肉，领了叶森家的长子来，就顺手拿了一条长凳，让他坐下，又让洗了手，开始串起烤肉来。

小伙子打开了塑料棚里的一台电视机，说：“新来的人，差不多都从串羊肉串儿做起。”

叶森家的长子就说：“这个，我会。”

事实上，他不会。这串烤肉儿的事，看着容易，好像谁上手都能干，可是要串出水平，也不容易。那肉要切得一样大小、一样薄厚不说，还要切得肥瘦得当，串得也要得当。不然，就会让主人赔本儿，而且，如果烤出来有的生有的煳，就会害了客人。做饭的小伙子就笑笑，不说什么。叶森家的长子虽然人老实，但悟性不差。他一旦坐下来，开始真正串烤肉的时候，有点无师自通地想，自己要认真一点儿，别让人家看笑话，那手就笨笨地一片一片地串着。

几米远的地方，有个小孩子在玩一只小甲虫。叶森家的长子问，那孩子是谁，做饭的小伙子说，是玛尔吉娅的孩子。叶森家的长子问，那孩子多大，小伙子说，今年秋天就可入学。叶森家的长子还想问什么，话到嘴边，没有问出口。做饭的小伙子笑笑说："大哥，您刚到，有什么您就尽管问，我能回答您的，都回答您就是了。"叶森家的长子就迟迟疑疑地问："那孩子的爸爸是做什么的？"小伙子听了这话，反问他："你不知道这孩子没有父亲？"叶森家的长子说："知道是知道一些……仅此而已。"小伙子就笑说："大哥，不知道也罢。现在，谁还打听别人的私事儿。咱好好干活就是了。”

叶森家的长子就不再问什么了，心里倒是有些怜悯地看了看那个小孩子，而那孩子一直在专心致志地玩那只小甲虫，他就不由得对这孩子的母亲产生了一份恻隐之心。真不容易。此前，他倒是听说过一些关于玛尔吉娅的事，但真正见到她和孩子，还有这里的一切，他只觉得这个女子真是不容易。但究竟怎么个不容易，他自己也说不清。

他往四周里看了看。电视机在播一个电视剧，是武打片，武打的声响在白桦林回响。

白桦林里高大的树干顶天而立，树叶在空中摇曳，空气无比的清新。他从山上带下来的马，就拴在离毡房不远的一棵树上。这些年，叶森家的长子不上山，它也不放羊了。他偶尔下地的时候，它也跟着去。那被放在地梗上的日子并不好过，叶森家的地种的是大豆，大豆一颗一颗，很不好看，地梗子上除了牵牛花和蒲公英，没有几根草，而它分明是在夏牧场上长大的，又正值壮年，毛色黑亮，调教得也很好，今天却跟着主人到这种地方来，实在是有点大材小用了。叶森家的长子看看它，对它也有一份恻隐之心。它甚至不能跟村里的那些牛一样，到沼泽地享受阳光和湿润的气息。它要做的事就是被主人拴在这里，伴那些前来休闲的客人照相，或到不远的地方转上几圈儿。玛尔吉娅租他的毡房时说过，这笔钱归他自己。

一只红色的小蜘蛛落在小孩子的头上，小孩子就跑来让做饭的小伙子看，小伙子就说："喜事呀，快去给你妈看。就说你们家的农家乐要进钱啦。"

小孩问："什么进钱？"

小伙子就调侃说："你真啰唆。你们家租了这位大哥的毡房，要进钱啦。快去，快去！"

小孩子看看叶森家的长子，好像从他脸上看到了什么好事，就向五号毡房那边跑去，嘴里还喊着妈妈。

玛尔吉娅从新搭的五号毡房探出头来，小孩子指指头上的红蜘蛛，又指指叶森家的长子，玛尔吉娅笑了笑，顺手打掉那只红蜘蛛，然后挥挥手，打发说："去吧，去吧，别胡闹了。没有看见吗，我这儿正忙着。"

叶森家的长子心里就一阵小小的不高兴。他突然觉得，也许，这个女人很冷呢。然后，他又看看那个孩子。刚才那只红蜘蛛大概没有被打掉，依然挂在小孩子的头上，扯着亮亮的蜘蛛丝。小孩子就又把它抓在手上，举向空中，蜘蛛就在他的手指尖上爬上爬下，好像一个走错了路的人。

今天的天气是如此好，阳光一尘不染，天空湛蓝湛蓝。叶森家的长子媳妇拉着牛犊走下木桥，惊动了路边杂草丛里的几只小昆虫，一只大眼睛的蚂蚱长长的后腿用力一跳，青绿色的身子就高高地弹起来，落在一根芨芨草上，但是还没有等它站稳身体，一只从沼泽地那边飞来的水鸟，在它旁边的一棵灌木上只把喙向前一伸，就将它衔在了嘴里，然后它像一块扔向空中的小石头，向村子南边那一大片沼泽地飞去了。在那一片沼泽地中的一簇浓密的绿草丛中，它的爱人正在孵化它们的后代，那只大眼睛的蚂蚱将为它的爱人提供一份热量。而小桥下的小山溪也将流过沼泽地，并把一些水分留在沼泽地，滋养那鸟巢周围的绿草，使绿草变得更加繁茂，它们的家将变得更加牢固，能阻止任何来自地面和天空的敌人。

叶森家的长子媳妇把小牛犊子拴到白桦林间他们家那块小草甸子上，小牛就地转了几圈，目光里充满了委屈。可怜它又将在这里被拴上整整一天。它不可能有自由。因为给了它自由，那人家的庄稼和小树就要遭殃。谁让它是一头牛。

叶森家的长子媳妇看了小牛一眼，然后沿来路准备回家去。她又上了那座木桥。木桥年久失修，木杆间的缝隙有的有两指宽。从那些缝隙向下看，水流很急很急，很冷很冷。它们从高山夏牧场那边流下来，是雪水。高山雪水让人想家。尤其在人的心情不好的时候，看着它，就让人好想唱歌，好把人的坏心情带走。哗哗的水声，翻腾的水花，梦幻的水纹，随意而自如，好像天生为了抚平人心中的伤痛。

叶森家的长子媳妇站在桥上，向不远处的白桦林那边望望。是下意识的，也是有意识的。她想知道林子里此刻正在发生什么事。她就细心地听。好像有歌声从那边飘来。歌声伴着桦林的香气。这香气有点让人感觉迷醉和诱惑，歌声却有点让人感到伤感，好像一个人久远的记忆，很远很远，很淡很淡，却又很熟悉。

黑眼的姑娘
路途遥远
孤单的我
难走到你身旁

叶森家的长子媳妇又看了一眼小牛，用目光测量了一下小牛犊子脖子上的绳子的长度，离近旁的任何一棵树都有一定的距离，不至于把它自己缠死。她甚至还清楚地看见那牛犊子低头吃了一口草，然后像一个被妈妈送到什么人家看管的小孩子，眼巴巴看着妈妈放下自己去上班，眼里充满了沮丧，心里就有点儿可怜它。

但是，叶森家的长子媳妇最终没有在乎牛犊子眼里的沮丧，耳朵里听着那首忧郁的歌，压下那股又要冒上来的愁绪，踏着坚实的步子走过小桥和黄土路，往回走。

烤肉串儿串得差不多了。玛尔吉娅就让叶森家的长子从米袋子里倒了米在盆子里，自己坐下来洗。叶森家的长子说他来洗，玛尔吉娅说他第一天来，就让做这些事儿，她会感到难为情。玛尔吉娅还说："有您干活的时候，您还是多休息一会儿吧。"叶森家的长子就不说什么了。他也应该客气点儿不是吗？毕竟，第一天才来。然后，他就坐在刚才那条长凳上看电视。做饭的小伙子还在切肉。

小伙子对玛尔吉娅说："大姐，刚才您儿子头上明明是有红蜘蛛的，您怎么就打掉了呢。那是喜兆呀。"

玛尔吉娅就笑笑："我才不相信好事儿会等着一个人。"

小伙子说："我信。"然后，转向叶森家的长子："大哥，您信吗？"

叶森家的长子笑着点点头："我信。"

玛尔吉娅又笑："什么红蜘蛛黑蜘蛛的，只要我儿子乖，不缠着我就行。他长到六岁，我好容易能腾出手来干点活儿。"

小伙子说："瞧您，大姐，您家孩子够乖了。"

玛尔吉娅笑笑：“你小子，废话多。快，今天是周末，乡里县里要来的客人多。”

叶森家的长子问：“大概什么时候来？”

玛尔吉娅说：“中午一过人就多起来了。我们把做抓饭的米洗好，还要切好胡萝卜，做老虎菜，剥洋葱，洗西红柿、青椒之类的，清茶也得备好。”

叶森家的长子问：“那，我能做什么……”

玛尔吉娅笑了：“哦，不急，您再过两天。您可以看看电视。”她好像想起了什么，说：“今天有个好电视节目。”就用湿手拿了遥控器，调了几个台，调到一家电视台：“看这个。这是我最喜欢看的一个节目。”

那是一家省台，在播一个专题节目，差不多类似中央台的《半边天》，而且是直播节目，多讲女人应该怎样创业，偶尔也讲讲怎么教育孩子，怎么调整女性心理什么的。有些话题离玛尔吉娅远，有些话题离玛尔吉娅近。近的，她就很认真地看。她一边洗米，一边看，还客气地跟叶森家的长子点点头……

屏幕上是年轻的女主持人和一位年近四十的女人。

做饭的小伙子说："这不是那个谁吗……"

他没有说上人家的名字，但叶森家的长子却看清屏幕下方女人的名字。她是个作家。

女作家谈兴正浓。此人平日颇爱在公众面前露个面，比如常上电视节目，讲些与妇女生活、妇女心理有关的话题，告诉妇女和儿童该干什么，不该干什么。她在屏幕上很有感觉的样子，说话字正腔圆，偶尔也会拿腔拿调，尤其要发表个人观点时，总会挑一下眉头，若有所思地停顿一会儿，然后点点头，再笑笑，好像跟节目主持人有着非常好的默契。

今天的话题大概讨论新婚姻法中对有关"包二奶""家庭暴力"的法律审判依据的问题，但是，女作家说着说着，跑了题，扯到对"婚外恋""第三者"的道德评价上去了。也难怪，这是直播节目，导演大概不便打断她，主持也不把话题扯回来，这些叶森家的长子看不出，但玛尔吉娅看得出。

女主持有点调侃地问女作家："如果您碰到了这样的问题，您会如何处理？"

女作家就像外国人那样做了一个耸肩的动作，然后就"嗯哼"了一声说："生活嘛！什么样的事情都可能发生。但是，我们，准确地说，一个女人，只要有一点点现代意识，就不难面对这样的难题。现代人生活节奏快，工作压力大，经济上也时常面临一些挑战或者尴尬，而男人多半儿承担主外的义务，难免感到自卑、孤独、压抑、紧张，所以，他们在感情上有点自由，从道义上讲也是可以说得过去的……我想……如果我的婚姻遇到了这样的问题，我不会处理得太过急……或者我会给我的丈夫一定的理解和宽容。况且，现代人……除了感情，其实要做的事还很多很多，一个女人……我是说，无论是男人，还是女人，除了家庭，还要想着为社会做点什么嘛，比如经商……创造点财富什么的……"

叶森家的长子听着女作家的话，感到一阵紧张，他看了看小伙子，又看了看玛尔吉娅，果然就看见玛尔吉娅蔑视地盯着那个女作家，随口骂道："见你的鬼去！"

然后，她起身，一边倒洗米的水，一边对叶森家的长子说："关掉它。"

叶森家的长子就关了电视机。

玛尔吉娅端着放了米的大盆进了塑料棚。

叶森家的长子和做饭的小伙子面面相觑。

叶森家的长子媳妇快走到家门口的时候，远远地看见牛倌儿热合曼骑着他那匹老黑马，从南边的沼泽地回来。热合曼远远认出了她，坐在马背上向她招手，示意她停下来。她就站在院门口等热合曼过来。待热合曼走近了些，叶森家的长子媳妇就清楚地看到那匹老马的蹄子已经被打湿了，且散发着腐泥和烂草根子的混合气味。尽管那老马不住地把尾巴甩来甩去，但还有几只绿色的牛蝇顽固地围着它飞来飞去，像赶也赶不走的梦魇。而在热合曼头顶的蓝天，有几朵白云出现了，一只鹰随上升的气流飞上高空，在白云下翱翔，像一首节奏很慢的歌。

叶森家的长子媳妇看见热合曼的脸，心中悄悄升起几分厌恶——村子里的人都不太喜欢他，特别是女人，没有几个爱跟他说话，因为热合曼爱喝酒，又爱说废话。他显然又喝了酒，叶森家的长子媳妇一眼就看出来了。但是，人家年龄大，不尊敬他的人，至少也得尊敬他的年龄。谁没有老的时候？叶森家的长子媳妇永远不会忘记她爸爸在八十岁说过的一句话，老爸说，人是从腿脚开始老的，八十岁的时候，想跑八步路，就像做梦。这话让她一直同情老爸到今天。只是，老爸在几年前就已经不在人世了，他只咳嗽了一下，人就没有了。走得倒是痛快，没有给儿女们带来什么麻烦。在叶森家的长子媳妇看来，老人的生命脆弱得很。

但是，酒鬼热合曼却好像并不在乎自己的年龄，老大不小，没大没小。唉，这都是因为酒。就见他走近她，大声说："唉，我说今天的沼泽地上怎么有一股香气，原来是有人去河边洗了金镯子呀。"

叶森家的长子媳妇就笑说："嗯，依我看沼泽地上浊气远比香气盛哩，都熏到这里来了。"

热合曼道："是呀，一定是有人过得很开心，才染上这份浊气……"

热合曼还想说什么，已被叶森家的长子媳妇打断了："说吧，找我什么事？"

"除了当好一个牛倌，我这人能有什么事？你们家这个月的牛钱还没交，该交了。"

"你不是每月都跟我家里的人要吗，这个月怎么想起跟我要？"

"对。今天早晨我碰见你家男人了，他说他没有时间，找你就行。"

叶森家的长子媳妇没话可说了，人家来要钱，你还能不给人家吗。况且是她丈夫让热合曼跟自己要钱，给人就是了。但进屋前，她习惯地要跟热合曼说点什么，比如请人进屋喝口茶什么的，换了其他任何一个人她都会这样做，这是礼节，但一想到面前这个人醉眼惺忪，她就果断决定快点打发他走了了事，便转身进了院子，直奔东屋自家房里的那个柜子。但是，热合曼也下了马，把老马放在街上，随叶森家的长子媳妇进了院子。

院子里有一只山羊正在西边院墙下边的桩子上拴着，面前扔着一堆草。热合曼喝得再多，也能一眼就看出，其实这东西无心吃那堆草，大概，它知道自己死期临近了。一周前，它刚从山上被赶下来，因为叶森家的长子说，已经有很长时间没有吃到荤腥了，他要开荤，今年没有上夏牧场，没有新鲜牛奶和羊肉，日子一下子不太好适应了。这点热合曼最清楚，他虽然不像老叶森有常年的游牧经历，而是一直待在村子里当牛倌儿，他知道，这些下山种地的牧人，要用很长一段时间才能适应村子里的日子。

热合曼进了院门，但没有进屋，他就站在院子里等着叶森家的长子媳妇拿钱给他。几只鸡在院子里晒太阳或啄石子儿吃，一只半大的公鸡耷拉着一只翅膀，像跳踢踏舞一样围着一只母鸡转来转去，但那母鸡一点儿也不把它放在眼里，照例啄食吃。热合曼站在院子里，等叶森家的长子媳妇出来后，说："老天神力广大呀，地面上，凡活物都本性相通，你看这东西翅膀都没有长硬呢，就想好事了……"

叶森家的长子媳妇知道他指的是什么，没有附和他，她只想快点给他钱，让他快点走。但是热合曼好像还不尽兴，继续调侃说："你丈夫真的就把你一个人撇在家里了吗，可怜见的……你一个人，从这屋，到那屋，又从那屋，到这屋，还有炭房鸡舍，你一定听说过，一个人的影子会跟它的主人说话。可怜见的，你我都是一样的人。好在你我都有个牲口什么的可以照应打发日子……好啊，好！"他笑笑说："我爷爷临死的时候对我爹说，你这一辈子千万跟定了牲口，必是天无绝人之路……而且我爹临死的时候，也这么嘱咐我来着。想必你明白这话是什么意思。要是没有这些牲口，你我这样形影相吊的人，一定会没有事儿可干的。”

叶森家的长子媳妇打断他说：“谁跟您一样，给，拿钱走人。”

热合曼就笑说：“哟，生气了。瞧，你还会生气，到底是年轻人！瞧，我已经不会生气了，也没有什么气可以生了。我就是生气，也没有人理我。也难怪，现在的婆姨们火气大，连请人进屋喝茶的规矩都不懂……那，我就走了。我走了。不过，我提醒你，别光顾待在家里跟自己的影子说话，把家里的牲口和人都丢喽。牲口丢了是小事，把人丢掉了，可就麻烦了。”

叶森家的长子媳妇不说话了。可笑的热合曼，就像六十年代电影里搞破坏的阶级敌人，说了这些莫名其妙的话，就鬼鬼祟祟地走向院外自己的马，也不骑，牵着就走。事实上，热合曼是有些怪僻，人并不坏，但总是要阴险狡诈地跟人说话。也难怪，他成长在六十年代，脑子里全是这些。但是这些叶森家的长子媳妇哪里懂得？

但奇怪的是，热合曼一走，叶森家的长子媳妇就有一阵空落落的感觉，就好像这个世界上的人突然之间都搬走了一样。或许跟热合曼这样一个不太讨人喜欢的人在一起，说说话，斗斗嘴，也算有人在身边，那叫有人气！只是，现在大家都忙，一切都在走自己的路，太阳走太阳的路，风走风的路，就连早晨那只红色的小蜘蛛，也已经在木栅栏上织好了几圈细细的网，然后自己躲在木栅栏背光的地方，静静地等待着猎物送上门。不同的只是，它要等待时间，潜心等待太阳落下那一线插着小林子的地平线。到那个时候，奶牛和牛犊子，还有叶森家长子的黑马都回圈了，它们会带来沼泽地和林子里的蚊虫。这段等待，对一只小虫来说，时间也许很长很长，大概有一百年。那它也会等待，这是它的生活。那么，叶森家的长子媳妇呢？她在等什么呢？难道，就是热合曼讨了钱走后的这份空虚吗……况且，热合曼还暗示她的丈夫正跟一个离婚的女人在一起。

正午的阳光从高空中洒下来，柔和而温暖。白桦林间有一层潮湿的空气伴随着百草的清香在蔓延。叶森家的长子站在五号毡房前，看看天空，看见阳光正在树林间，零零碎碎地洒下。玛尔吉娅的小儿子不知跑到什么地方去了，但他家的黑马还站在那里，安安静静。这是村子的正午，一切都安静下来，等待时光过去。林子那边的另一家农家乐毡房里有人在唱卡拉OK。唱歌的像个年轻人，唱的是一首民歌：

黑眼的姑娘
路途遥远
孤单的我
难走到你身旁

叶森家的长子看见玛尔吉娅走向自己，抱着什么东西，看起来像一块布，很大。她走过来，把那布往他面前一放，说这是一块广告布，前几天定做的，准备钉在木板上，再放到木桥边去，算是他们度假村的招牌。玛尔吉娅对叶森家的长子客气地说："真不好意思，您才来，就让您干这么多的事情。"叶森家的长子说不客气，他就是来干这些活儿的。他从玛尔吉娅手里接过招牌布，然后又拿了玛尔吉娅事先准备好的木板子，还有两根木头，扛了铁锹就去了小木桥那边。在向那边走的时候，叶森家的长子悄然间有一种奇怪的感觉，自己到这个度假村来干活，或许是在做一件好事。

事实上，此前关于玛尔吉娅的身世，叶森家的长子并不是什么都不知道。玛尔吉娅跟丈夫离婚已经两年多了。自跟丈夫离婚以后，她就从县里来到这个桦林度假村，开了毡房农家乐。她的毡房都是租的。她很会做生意，又认识很多人，两年来，生意越做越好。前不久的一天，玛尔吉娅找到他，说要租他的毡房，因为他家的毡房跟他一样，老老实实。木头是用朱石染红的，颜色很牢靠，毡房内的刺绣也都是羊毛线的，花纹古朴，还有土黄色的木门。不像她前面租到的几顶毡房，木头上的颜色是红油漆，毡房里的刺绣用的是开司米线，色泽又鲜又亮，一看就是染织厂的大染缸里出来的，而且满房子到处绣的都是花纹，很廉价的感觉。这一切，都好像那些毡房是浅薄的女子。她还有一顶铁架子做的毡房，里边的装饰材料也是化纤的。所以，找毡房的时候，玛尔吉娅一眼就看上了他家的毡房。

问他租不租，他说租。还问毡房几成新，他说六成新。玛尔吉娅就仔细看看毡房的毛毡，果然是六成新。玛尔吉娅说，就租他的毡房了。她还对他笑着说，她跑了那么多的人家，听到了很多被说大了的话，只有他说了实话。因为从他的口气里听得出，他确实肯定地说，自己家的毡房是一顶六成新的房子，算不得新，他还说，有几块毡子有洞，漏雨，毡房的几根支架和门框还有伤，比较糟糕。玛尔吉娅又笑说，虽然她租到的是一顶很“糟糕”的房子，但却“糟糕”得让她心里踏实。下边还有一句话，是她在心里给他说的。她说，我还从你的话里看到了你是实在人！

叶森家的长子拿着那堆东西走到河边。走上小桥，站在桥中间，左看右看。他就在小桥的北边，靠度假村的那边选了一块地方，开始挖坑。他准备把广告牌的架子插在泥里，这样会扎实一点。

这条小河的上游是大山，那里有一处著名的高山湖泊。那里地貌气势磅礴，雪山横贯视野，白云、松柏、河流，漫山遍野的野草和野花在巨大的山体间相间而布，与山浑然一体。这是一条浅绿色的河，水流不深，流到下游都看得清河下的鹅卵石。叶森家的长子隔着河，看到对面有几个小男孩儿在河边游泳，还有几个游人在捡石头。听说是在捡“文化石”，有文化的石头！他们低头捡石头，样子很专注很专注。叶森家的长子还听说，这些人一不小心，就能从这些不起眼的石头里，捡到价值连城的石头。叶森家的长子就笑着摇了摇头，真有他们的！突然，他听到一声小牛叫，像是他家的小牛，他就往远处看，果然见那可怜的小牛在比那些捡石头的人更远的地方，像一个小小的毛绒玩具。小牛又叫了一声，像一个要奶吃的孩子。叶森家的长子就说了一句，可怜的小东西。然后，继续挖他的坑。

叶森家的长子媳妇拴了小牛，回了家，基本上就没有什么事儿做了。她打扫完院子，洗了几件衣服，又和了面，烤了几个面饼，时间也就不知不觉地从她身边过去了。中午的太阳已经越来越高，像飘在空中，没有风就不动地方。这段时光是一天中最长的一段儿。院子里的一只山羊不叫了，躲在阴凉下想自己的事。说来也是，一天中的这段时间，好像就是用来让人想事儿的。

叶森家的长子媳妇能想什么呢，还不就是她家的毡房，她的丈夫，还有玛尔吉娅，相比之下，可能想玛尔吉娅想得多些。她听说过，玛尔吉娅早年在镇上一家小水泥厂工作，能弹能唱，很招人，后来，因为这个，她嫁给一个在镇上工作的男人，人们说，那时候她爱那个男人爱得死去活来，但现在，谁提起这个人的名字，她就跟谁急。

叶森家的长子媳妇还听说，玛尔吉娅嫁给这个人之后不久，那个人就从镇上调到了县文化局，然后去外地挂职，回来后当领导，主管文化教育。人们说，那几年，玛尔吉娅基本上没有跟她的男人过过完整的一年。她丈夫在外，她在家生孩子带孩子，照看老人。好在那几年他们的婚姻还算稳定，而且她的工作，也随着丈夫调动，从镇水泥厂调到了镇上的一家商店，据说还有编制。但是，好日子不长，在孩子满四周岁那年，她发现丈夫和一个女人有来往。尽管她做了很大的理解、谦让和克制，但这事儿后来还是一点点地发展下去，以至于割断了他们之间的感情，包括婚姻，从那以后她就再也不想回忆她男人伤害她的那些事。有人还说得更邪乎，比如，那段时间她丈夫如何神魂颠倒、魂不守舍，还有一件衬衫里的泡泡糖，某个下午她男人情意缠绵的电话，在一次婚礼后，他们两个激烈的争吵，还有就是在一个要命的晚上，她外出给店里提货提前回家，在自家看到的令她彻底痛下决心的那一幕……

这些事儿，叶森家的长子媳妇，信，也不信。但是有关玛尔吉娅后来的事，她是知道的。大家都知道。玛尔吉娅和丈夫离异后，就不在商店干了。因为那商店倒闭了。原因很简单，那商店旁有一个农贸市场，市场里有很多小商贩，他们进货量小，周转快，价格又便宜，就逼得商店把上千平方米的场地租出去当歌厅、舞厅和小型建材批发市场，商店原有的员工改行的改行，租摊位的租摊位，而要适应如此局面，对她这样一个内心受到重创，心境恶劣，且有小孩子拖累的女人来说，并不是一件很容易的事情……

谁知，这世界就这么小。玛尔吉娅原本是一个跟她距离很远的女人，怎么一下就跟她的生活这样的近？叶森家的长子媳妇想起热合曼说过的话，心里不是滋味儿。那叫什么话？

这也难怪，玛尔吉娅租去的那顶毡房，是多年前她和丈夫另立门户时，叶森用了一年多的时间，给他们搭建起来的。毡房共十个格墙，直径约十米，有高高的天顶，结实的木头框架，又白又厚实的毡壁，还有那些手绣，要多气派就有多气派。长子能另立门户，是叶森老两口多年的心愿。人活一辈子，不就希望有儿有女，子帐林立嘛！叶森这一辈子的愿望很简单，只要三个儿子都能娶上媳妇，有自己的家业，政府那里有户口，儿孙们都有点事儿做，就足够了。所以，那年长子另立门户的时候，他摆了一个大宴，祭了马，宰了羊，请神马之父康巴尔阿塔、神羊之父乔盘阿塔赐福，那顶毡房也是特别请了工匠做的，花了将近两万元。

也就是说，那顶毡房原本就是叶森家的长子媳妇和叶森家的长子的家，是她跟随叶森家长子的全部理由。叶森家原是牧羊人家。牧羊人家的长子娶了媳妇后，会跟着老人一起游牧。次子娶了媳妇，长子就要另立毡房，过自己的日子。到三儿子娶了媳妇，次子就要另立毡房，过自己的日子。以此类推，直到最小的儿子继承家业。叶森家有三个儿子，长子娶了媳妇，有那么几年，一到夏天长子就跟着叶森去夏牧场，秋天下山，冬天到冬营地过冬，等来年再到春草地上接羔，然后再到夏营地去。一年的路线，就在高山与平地之间转来转去。那叫转场。转场来回三百公里，就像候鸟，到点就飞，到点再回。

只是这些年政府让大家定居，叶森在山下有了地，有了安居房。其实叶森确实想定居下来，没有老伴的日子，就像没有穴的野马过的日子，况且腿脚也已经不如当年，叶森需要安定，生病的时候就近去看看医生。虽说游牧，也得有个家园不是。有人说，牧人不思定居，那是没有想明白牧人的心思。牧人所谓不思定居，其实不过是想在夏天到来的时候，到夏牧场上住些日子。这意思跟城里人总要往山里去避暑的想法一样。不同的只是，游牧人家有固定的草场，到点就去。

叶森一在定居点住下来，就立了长子的毡房和门户。叶森想让长子继续转场。没承想长子竟也想着要定居下来。叶森知道了长子的想法，也没有说什么。长子排行老大，将来继承家业的必定不是他，而是最小的儿子。所以，长子说什么，叶森都不说什么。想定居，想上山，都由了他去，那是他自己的日子。况且，叶森家山上有草场，山下有耕地，草场和农地使用权都有五十年，草场需要人照顾，农地一样需要人照顾，这样，叶森心里也想让长子定居下来。老大一直没有孩子，而长子媳妇人生来踏实、忠厚，种地的事儿，不像上山养牲口，一会儿跑了羊，一会儿丢了牛，秋天，牲口膘情好了，都想成家立业；开春，牲口们又都要生个孩子，家里没有劳力很难应付。相比之下，种地凭的是细心踏实。想来想去，老叶森就想到长子和长子媳妇人都忠厚老实，做事可靠，老二天生是个活宝，人又机灵，而且老二媳妇已经生了两个儿子，孩子们可以就近读书，可以帮他们当当下手，老三还在县里读高中，现在还无法知道他将来的打算，或许他想读得更高些，将来找份工作，关于老三，叶森还不想多想，就决定让老大定居，老二上山，自己每年夏天跟着老二去夏牧场避避暑，秋天再下山来，日子也算过得其乐融融。

自从叶森家的长子定居以后，他家的那顶毡房就没怎么用过。他老丈人家，也就是叶森家的长子媳妇家，曾有人前来索要那顶毡房，被叶森家的长子婉言拒绝了。叶森家的长子媳妇为此耿耿于怀了很长时间。她问他为什么这样做，他只说，说不定自己哪天又想上山放牧去了，需要用这毡房。叶森家的长子媳妇心里就老大不高兴。那些日子，她想了很多很多，她猜想，一定是自己的男人心眼小，压根儿就不愿把房子借给她的娘家人；一定是自己的男人对她不生孩子心怀不满；一定是……说来也是，你生不了孩子，还想把家里的房子让给娘家人去用。老话虽然讲一个男人有两个家，一个是老爹家，另一个是老丈人家。事实上，这天底下为人女婿的，有几个真正把丈人家放在了心上？还不都是刚娶人家姑娘前几年，装点儿样子罢了！时间长了，就那么一回事。

不过，叶森家的长子媳妇虽然性格有点儿固执，但在一些大是大非的问题上，还是能够把握住自己。是女人就得嫁男人，和他在一口锅里吃饭，这都是命。再说了，叶森家的长子爱财不借财，也是为了他们两个人的小日子，或者说完全是为了她。况且她自己也不能保证，他们家的那顶毡房，如果真的被她的亲戚借了去，还有没有可能完好地归还。这亲戚间借东西，有去无回的事太多了，何况是一顶房子？说不上什么时候，她和男人真的想去夏牧场小住，又向谁去索要一顶房子呢？这样想来，她也就没有生男人的气。

只是她没有想到这顶毡房却有了新主儿，而且还是由她丈夫亲自送去的。令叶森家的长子媳妇最不可接受的是，叶森家的长子不但亲手把毡房租给了玛尔吉娅，还连他自己都租给了人家，去玛尔吉娅那里打工。

虽然第一天叶森家的长子暂时没有什么事儿可以做，但也没有闲着。他把那个广告牌放好后回来，吃了饭，那个时候已经陆陆续续有客人来了。客人嘛，没有什么特别的，来了就吃就喝。吃了喝了，醉意浓浓，就在林子里溜达，照相。玛尔吉娅叫了他，说有人要租他的马骑，他就给马配了鞍，带着客人在林子转了一圈儿，客人就付给他三十元。这是事先讲好的价，是玛尔吉娅帮他说的。叶森家的长子不知道这价格合适不合适，或许，他被人坑了钱。玛尔吉娅就说这个价位很合适，差不多点儿就行，别像有些人，把价位抬得很高，人家就不愿意租你的马了。叶森家的长子就听从了玛尔吉娅的话。玛尔吉娅还说："这钱，你自己留着，以后把你的马收拾得干净点儿，听县上来的人讲，从今年开始，桦林农家乐租赁的马匹可能都要登记。"叶森家的长子问登记什么？玛尔吉娅就说："登记注册呀。租马做了登记，丢了，伤了，好有人管着。再说，人家政府那边，也怕咱租马价钱不合适，多要客人钱，也怕马惊了，伤了人，这些都不好说。所以，你以后租马的时候，多加小心才是，千万不要把人给伤了。"

叶森家的长子就觉得玛尔吉娅是个挺温暖的女人，也就不时地观察玛尔吉娅的一举一动。烧饭的塑料棚门边有棵白桦树，树上挂着一面圆镜子，叶森家的长子看见玛尔吉娅进进出出，路过那面镜子的时候，总要照一照自己的脸，捋一捋头发，动作很熟练，也很好看。

再晚一些，又来了客人。玛尔吉娅请客人进了新开的五号毡房，然后就和几名服务生忙前忙后，招待客人。招呼客人的当儿，做饭的小伙子问她来人是谁，看上去挺有派头，玛尔吉娅回答说是县政府来的挂职干部，名叫阿克峻，以前在县政府文化局工作，现在在乡上，还是负责文化卫生，还有旅游。做饭的小伙子就笑着说："大姐您应该多跟阿克峻套套近乎，说不定就有一些农家乐的项目落在您这儿。"

玛尔吉娅笑说："农家乐能有什么项目需要扶持，开着毡房，好好干活儿就是了。"

做饭的小伙子说："那也说不定。其实您这里还可以往大里开。您可以搞一个民俗园，可以开民族歌舞篝火晚会，那就得上边支持。"

玛尔吉娅不以为然地说："还篝火晚会呢，别想那些轻巧的事儿了。桦林里开农家乐，咱把防火的事儿做好就是了。"

做饭的小伙子说："瞧您，大姐，平时看您是一个挺泼辣的人，怎么说起这些，像个没见识的女人。"

玛尔吉娅向他撇撇嘴，回五号毡房招呼客人去了。

玛尔吉娅和做饭的小伙子你一句我一句地说话的时候，叶森家的长子一直听不大明白。他也想发发言，但又不知该说些什么。

玛尔吉娅回到毡房里去后，做饭的小伙子摇摇头，说："玛尔吉娅确实是一个能干的人。只可惜，她是一个离了婚的女人。做事儿一点都不容易。"

叶森家的长子说："你是指她身边没有男人。"

做饭的小伙子说："这不明摆着嘛。其实，有的时候，不是她防着男人，而是男人防着她。"

叶森家的长子说："这话怎么讲？"

小伙子说："瞧，你怎么不明白呢。来这里的都是有头有脸的男人。有头有脸的男人，大多能来事儿。有时，越是有来头的男人，越是要防着像她这样的女人。"

叶森家的长子就更听不明白了。这样的逻辑，他还是第一次听到。

客人们已经喝完了奶茶，出了毡房抽烟休息。那个叫阿克峻的人和客人站在毡房前，指指点点地说着什么，玛尔吉娅也在一边跟他们说话。看样子是在说这顶毡房。果然就见玛尔吉娅向他招了招手，说：“过来，过来。”叶森家的长子没有听明白，做饭的小伙子就说：“叫你呢，去呀。”叶森家的长子就走过去了。

站在阿克峻旁边的一个老夫人问：“这是你家的毡房？”

叶森家的长子说：“是的。”

老夫人说：“是你自己做的吗？”

叶森家的长子笑着摇了摇头。

玛尔吉娅说：“他会做毡房，肯定就不在这里了。”

阿克峻对叶森家的长子介绍说，这位老夫人是大学民俗学博士，专门研究民俗文化，还研究民居。就听老夫人说：“这样的毡房现在确实越来越少了。这么好的木头，这么好的毡料，还有里边的刺绣，多好呀。”

叶森家的长子就想说，其实那里的刺绣是他的媳妇做的。但是还没有等他说出来，那老夫人又说：“其实你们这些年轻人应该学着做这些东西。如果你自己会做，你媳妇又会刺绣，那就好了。”

叶森家的长子笑笑，说：“我们都已经用不着它了……”

阿克峻就说："怎么用不着。这不，玛尔吉娅不是租了你的毡房吗？人家怎么想到了？"

玛尔吉娅就咯咯地笑了笑，说："领导，您不会让我和我的新雇主打架吧？我今天可刚刚才租了他的毡房，开张第一天，我们合同都签过了。"大家就都嘻嘻嘻地笑起来。这个话题确实有点儿让人感到难为情。然后，大家散去，阿克峻带着老夫人去小河边散步。

玛尔吉娅和叶森家的长子面面相对地笑了笑，都有些尴尬的样子。

但是，叶森家的长子马上避开了玛尔吉娅的目光。

村子里的太阳很有趣儿。上午，太阳把时间拉得很长很长，因为上午的太阳要爬坡，爬到正午的位置上去。它需要时间。人们也会在这个时候，做很多很多的事情。但是一到了下午，太阳就会把村子里的时间拉得很短很短，因为太阳会往下掉，黄昏的太阳是掉到地平线下去的。

小牛该回家了。叶森家的长子媳妇照例去了小树林，接小牛回家，就像接小孩子回家一样。

她走得很快，一会儿就到了小桥上。一上了小桥，她就看见了那个牌子。那牌子足有一头骆驼高，叶森家的长子媳妇站在小桥上，木牌子恰好就在她的眼前。叶森家的长子媳妇一眼就能看得出，这是一块新立的牌子。叶森家的长子媳妇早晨来拴小牛的时候，还没有这牌子，转眼就有了，说立就立了。如今这公家的人说话做事儿，就是这么算数。昨天没有路，说修，今天就修了。昨天没有电线杆，说立，今天就立了，这样的事多了去了。立一块广告牌儿，又难得了哪个公家的人？

叶森家的长子媳妇停下来，看那牌子，见上面有汉字，也有哈萨克文字。她只瞟了几眼，差不多就看明白了广告的内容，是玛尔吉娅的农家乐毡房营业的信息。说她新开的毡房，就在桦林度假村里，牌子上写得清楚，五号毡房是哈萨克最传统的毡房，是个文化毡房，在毡房里可以感受到最纯粹的哈萨克民居工艺！广告上还说，其他的毡房可以住宿，有二十多张床位，干净，整洁，毡房内备有茶点、哈萨克传统奶食肉食什么的。叶森家的长子媳妇就想，天哪，这个女人真能折腾，她一个女人家，身边又没有个男人，就能折腾这么些事儿……叶森家的长子媳妇这样想着，心中便有些招架不住了的感觉。但是，她自己也说不上是什么感觉。

叶森家的长子媳妇匆匆地走向小牛，小牛见了她，果然就像小孩子见了妈，扯着脖子上的绳子向她走来，但绳子扯得很紧，它呼哧呼哧地喘气。叶森家的长子媳妇就为它松了绳。这一回，该是小牛拉着她往家奔了。

路过小桥时，叶森家的长子媳妇没有再看一眼那块广告牌。

叶森家的长子媳妇路过村北那户人家时，太阳已经很低很低了，正是牧归的时候。

路口那家的男主人哈孜别克正好从院里赶了他们家的五头奶牛出来，哈孜别克的媳妇手里提着奶桶，他们夫妻俩刚刚挤完他们家的奶牛。那是五头荷斯坦奶牛，体格又高又大。叶森家的长子媳妇看看那五头奶牛，又看看哈孜别克家的女人，向她点点头，打过招呼，就想，快点儿走。因为她不想跟哈孜别克的女人说太多的话。

哈孜别克的妻子名叫拉乌拉。跟叶森家的长子媳妇一样，身材算不上高，也算不上胖，年龄也跟她相当，而且也是读了初中就嫁了人。但是，人和人毕竟不一样。人家拉乌拉生来就比叶森家的长子媳妇精明。同样是嫁人，叶森家的长子媳妇差不多是稀里糊涂地就嫁，而拉乌拉却是明明白白地嫁。她没有读高中的原因，实际上就是想早些嫁个有能力的人过日子。事实证明，拉乌拉的选择没有错，至少眼前没有错。不说别的，当年跟她们一起读书的女生，有好多上了高中，又读了大学，都已经毕业了，但还没有找着工作，有的还没有嫁男人，境况比叶森家的长子媳妇好不到哪里去。相比之下，拉乌拉要成功得多。不仅有家，有男人，有两个孩子，去年拉乌拉的丈夫把家里的土牛全都卖掉了，加了一些钱，以每头五千元的价格从外地买了五头高产的荷斯坦奶牛。今年，那五头奶牛，各产了一头小牛，共四头母牛、一头公牛，也就是说，如果今年这四头母牛能够平安过冬，那么过几年，拉乌拉家就有了很多高产奶牛。

拉乌拉家的牛奶，都被度假村的老板娘玛尔吉娅订了。也就是说，拉乌拉赚玛尔吉娅的钱，而玛尔吉娅又赚别人的钱。如今的人，一个比一个精明，有钱就有面子。就说这拉乌拉的丈夫，都说他精明到能数出蛇有多少只脚，而且家中的财富从不外说。他家山上有大小牲口数百头，山下有玉米地、苜蓿地，拉乌拉也是一个精打细算的聪明人，她的面子就比同学们大得多了去，甚至让有些读了大学的女同学望尘莫及。

拉乌拉提着奶桶，看见叶森家的长子媳妇，就停下来了。叶森家的长子媳妇看见她站在逆光里，头顶上的毛发在光线里变成一圈一圈。几只麻雀突然掠过拉乌拉头顶的天空，落到她家牛圈那边去了。

拉乌拉没心没肺地说："哎哟，你怎么才把小牛接回家呀？天都这么晚了。"

这话叶森家的长子媳妇不爱听，就好像人家在数落她。言外之意是，你怎么这么懒？她就在心里对着拉乌拉说，谁比得了你呀，瞧，你们家的奶牛，好比大户人家的女人，过的是贵族的日子，待在干净的牛圈里不说，还有吃有睡，不喝冷水，大夏天的，还洗温水澡，你家的牛犊子也是幼儿园里的孩子，不像她家小牛，不拴到林子里去，就得挨饿。

叶森家的长子媳妇下意识地瞥了一眼自家的牛犊子，竟发现这鬼东西正一边走，一边眼巴巴地看着拉乌拉的奶牛，就像一条讨吃的狗。她又听那边拉乌拉没心没肺地说："哎，你家老公一会儿来我家取牛奶呢，玛尔吉娅订的……"

叶森家的长子媳妇就愤怒地把小牛尾巴一拽，几乎拉到了它的脖子上，嘴上还骂小牛："看什么看，你这个挨黑死病的主儿。走！快走！"

可怜的小牛被主人扽了尾巴，趔趔趄趄，又不体面，又不好受，就跟着女主人继续往前走，不再看着拉乌拉的奶牛发呆了。

拉乌拉听叶森家的长子媳妇骂牲口，耳根下不由得像有人刮玻璃，神经一阵痉挛。她不知道自己说错了什么，就看了看她丈夫。哈孜别克这会儿正赶着他家那些身份尊贵的奶牛和小牛，往小林子那边去。这是一天里它们散步的时间，奶牛也得散步。再看看叶森家的长子媳妇，正赶着小牛往前走。这会儿小牛走得很快，大概它知道自己的妈妈就在前边。

当太阳快掉下地平线的时候，叶森家的小儿子杰恩斯回来了，他已经有一个多月跟家里人不照面了。他进院门的时候，他的大嫂嫂已经去了白桦林，去接早晨被拴在那里的小牛犊子。这一整天的时间，没有人知道她一个人在家里想了什么，又做了什么。等嫂嫂回到院子，把牛犊子送进牛圈里，他上前问候的时候，他发现大嫂面色有些憔悴。

嫂嫂问："你怎么这么长时间没有回来？"

他只是笑笑。

大嫂又问："是不是去了夏牧场？"

小叔子就反问："你看上去脸色挺黄，是不是胆囊又犯病了？"

嫂嫂说："不会吧，我觉得自己挺好的。"

叔嫂两人就走出圈子，嫂嫂进了晾房，架了火，煮了一壶奶茶，小叔子则在水压井里压了一些水，浇了浇晾房后边的小菜园子，又提了些水倒进晾房里的水缸里，再然后，叔嫂两人就坐在摊开的餐巾边喝起了茶。

小叔子做这些活儿的时候，叶森家的长子媳妇想，这孩子怎么突然学好了，或许在哪里遇见了贵人，长了心智。

杰恩斯是九十年代初期出生的孩子，与他大哥相差十多岁。按说，他们这一代人是赶上了好时光，但是这孩子高中毕业就没长进了。在镇工商所工作的一个亲戚，曾帮他联系到地区驾训学校学汽车修理，完成学业后，又帮他联系到镇上一家修理铺子工作，月薪八九百元。但是，没有过多久，那修理铺子便因经营混乱关门歇业了，大家解散各自回家。事实上，杰恩斯早在此之前就已经被他的头儿——一位个子十分矮小的四川人解雇了，原因是他和一个来拉羊毛的卡车司机打架，不但打坏了人家的头，而且还砸坏了铺子的双层玻璃窗。后来，那操心的亲戚又给他在一处很有名的风景区联系了当保安的工作，他生性散漫，既不按时出早操，又不按时到岗，自然又被开除了。现在，人家旅游景区服务都讲究规范化，对他这样的孩子来说，首先不是规矩容不了他，而是他自己不能适应规矩。那以后，他就成了无业者。叶森曾想劝他务牧，给二哥当下手，但是，几次话到嘴边便无心说了。老爷子想，像他这样的孩子断然是没有什么可能调教好的，镇工商局的亲戚也说怪只怪他们老两口，当初宠坏了他，教育现在的年轻人是需要一些理性的。老爷子虽然不大爱听这样的话，但心里还是服气的。好在杰恩斯这孩子没有像有些孩子那样酗酒，闹得家人鸡犬不宁，已经是够积德的了。

叔嫂二人说着话，圈子那边的蚊虫开始多起来。先是那只山羊叫了一声，可怜的牛犊子也开始受到攻击了。杰恩斯问了山上父亲的情况，嫂嫂说已经有一个多星期没有消息了。杰恩斯又问大哥没有抽空去一趟吗，嫂嫂很解恨地说他哪有时间，整天在度假村里帮那个叫玛尔吉娅的女人，地里的杂草都长满了，也没有见他去锄一下，那只山羊从山上赶下来也快一周了，他连杀只羊的时间都没有，眼看着那山羊饿瘦了，肉已经没有了什么吃头。

杰恩斯听出嫂嫂话里有怨气，本想调侃几句，有意激激她，但话到嘴边，却没有说出来。他想说：瞧瞧你吧，你自甘寂寞。整天待在家里，跟自己的影子说话，我都怕你将来急出病来。他想说，但是一想大嫂这一辈子不容易，平时他也不随便调侃她，就转了话题说："那毡房，哥哥给玛尔吉娅每月租金多少？"

叶森家的长子媳妇说："一百五。"

杰恩斯就皱了一下眉头："一百五？没有搞错吧！"

叶森家的长子媳妇看了杰恩斯一眼："是一百五。"

杰恩斯说："我哥真老实。像你们那样的毡房，现在每月租金至少三百五。瞧你们俩这点心眼儿，该得的钱白白送人。"

"都怪你哥哥！"

叔嫂俩说这话的时候，村子里的奶牛群已经陆续从沼泽地那边回来。热合曼这会儿没有骑马，而是穿了一双很旧的高筒雨靴，胳膊底下夹着一捆草和一把镰刀，那是给他的老马备的夜草。他的吆喝声好像夜间旷野的鸟鸣，空旷而凄厉，遥远而又暗淡。村子里的人都知道，他的吆喝永远只有一个内容：嗨！走哇，你们这些不会言语的畜生！村子里曾有人笑说，天底下，没有比热合曼骂牲口骂得更准确、更入骨三分、更过瘾的了。

圈子里的蚊虫多起来了，有一只小虫落在了那个红蜘蛛的网上。

叶森长子家的奶牛走进了院子里，一摇一晃地往前走，一直走向它的牛圈。要么说牛倌儿热合曼骂得好！牲口就是牲口。这头牛跟它的孩子好歹也分别了一整天，但是，你看它那样子，在沼泽地里塞了一肚子草，走起路来哼哧哼哧的，一点爱怜孩子的感觉都没有。一大一小，见了面也只是一脸牛气。

太阳已经到地平线下边去了。林子里，沼泽地上，昆虫们活跃起来，这是它们一天中最忙的时刻。有一些小蚊子在黄昏的水塘上飞上飞下。

桦林农家乐的人也多起来了。毡房里充满着笑声、歌声。空气中弥漫着烤肉的清香，还有淡淡的酒香，柴火的烟香。

做饭的小伙子很忙，顾不上跟叶森家的长子说话。玛尔吉娅的小儿子跟着客人带来的小孩子们去河边玩了。玛尔吉娅也忙进忙出。叶森家的长子注意到，这个女人会喝酒，喝过酒的女人脸上堆满了笑容，好像也很爱说话，爱开玩笑。叶森家的长子仔细观察玛尔吉娅的一举一动，她每次走到塑料棚取菜取热茶时，都要在棚前那个树上的小圆镜里照照自己，把眉毛向上扬一扬，用嘴吹出的气吹吹掉在额头上的头发，还问问那做饭的小伙子：“我脸不红吧？”

小伙子就笑着摇摇头，说：“没事儿，没事儿。”

玛尔吉娅就又回到毡房里去，招呼客人。

叶森家的长子想跟做饭的小伙子说点儿什么，比如，玛尔吉娅真的能喝酒？她就不怕喝多了难受或者出洋相？他还想问一些什么，可是，想一想，觉得还是不问的好。他就把他的马放到一块草地上去，在马的两只蹄子上上了绊锁，好让马吃点儿草。反正天已经晚了，不会再有客人要求骑马。而且，他今天也算得了两笔租马的钱，总共六十元。

他把马放在草地上回来，玛尔吉娅正好出来透气，看见了他，就说：“瞧，今天您也够累的，您可以早一点儿回去。”叶森家的长子说，那多不好意思，还是再晚一点儿回吧，说不定就有什么事儿，自己可以帮帮忙。玛尔吉娅想起了什么事，问做饭的小伙子：“拉乌拉家的牛奶送来了吗？”

小伙子说：“不是说好让新来的人去拿的吗？今天他们不会送的。”

玛尔吉娅拍了拍自己的脑袋："敌情我真的是喝高了。"

她向叶森家的长子笑了笑："那，您去吧。可能有两桶。您骑着我的自行车去就是了。"

叶森家的长子问："要付钱吗？"

玛尔吉娅说："不用，一起结账。"

玛尔吉娅就又回屋里去了。

叶森家的长子推了玛尔吉娅的自行车，出了桦林农家乐。

出了林子，他沿着那条土路，一直推着车往前走，实在因为那是一辆女式车，而且他自己体格也不瘦。这样的身板子，骑着这样姣好的小车，走在这样的土路上，确实有点儿骑着一匹母马的感觉，会很丢面子。他就一路后悔刚才应该把自己的马骑上。他想好了，明天一定骑马来。

拉乌拉家的牛舍离叶森的长子家远，但离农家乐很近。没有走多长时间，就到了拉乌拉家。

拉乌拉的丈夫去带那些贵气的奶牛，还没有回来。拉乌拉正在清扫牛舍，就是那些奶牛的行宫。牛舍确实收拾得干净，地面很干燥，不像土牛们的圈子，冬天夏天，都稀里哗啦。当然，还是有些蚊虫和牛虻飞来飞去。

拉乌拉见了叶森家的长子，就兴奋地说话。话里好像很抱歉从今天开始他们不再亲自给玛尔吉娅送牛奶了。

叶森家的长子就满口客气着，说，没事儿，没事儿，这是他应该做的。

拉乌拉就夸他和他媳妇都是老实人，其实，他们早该做点事儿，挣点儿钱。

叶森家的长子便不再说什么。其实，他也不知道说什么。拉乌拉就问了一些农家乐的事儿，说那个地方也是一个小世界，什么人都来，什么人都有。有的时候，让人高兴，有的时候，让人讨厌，有的时候，让人累。开了农家乐，人就没有自由了，得整天盯在那里，走也走不开，会误一些事儿，比如，你不能按时参加别人的葬礼喜宴，会欠很多人情。有时，有个头痛脑热的，也没有时间去看看医生，有孩子上学读书就更麻烦。所以，玛尔吉娅很不容易。一个离了婚的女人，很不容易。

叶森家的长子一进拉乌拉家的院子，就听她说话，她一直在说话，那当儿，这手脚麻利的女人，竟也把下午挤的牛奶都过了滤，滤掉了挤牛奶时掉在奶桶里的小虫子杂草什么的，然后把牛奶倒进两个洗得干干净净的塑料桶里，盖紧了盖子。她又拿来一个像练习本一样的小本子，还有油笔，让叶森家的长子在本子上签了字，说："这些牛奶，总共三十公斤。"

叶森家的长子惊奇地问了一句："天，能有这么多？那五头奶牛吗？"

拉乌拉笑了笑："那能是我们去偷的吗？"

叶森家的长子也笑了笑。然后，他就把那两桶牛奶架到玛尔吉娅的自行车上，别别扭扭地准备推了车走。他推车的时候还着实感到有些不好意思，因为他推了一辆女式车。

拉乌拉站着，看着他，说："刚才，我挤牛奶的时候，看见你家媳妇了。她拉着小牛回家。"

叶森家的长子应声说："哦，是吗？"

拉乌拉就又说："唉，其实，我觉得你挺不该的。"

叶森家的长子停下自行车，看着拉乌拉。

拉乌拉笑了笑："你把自己的媳妇闲摆在家里，

去给别人家的媳妇干活儿。我要是你呀，就入股了，而且跟着你的主人一起干。”

叶森家的长子没有听明白。

拉乌拉说：“入股，懂吗？干吗白白把房子租给别人？你也是一个手脚健全的人嘛。”

叶森家的长子还是有点儿不明白。

拉乌拉就说：“天，看我都说了些什么。哎，我可没有让你跟你的主人对着干的意思。你……还是好好跟她合作吧。她也挺不容易的。就算我没有说。去吧，去吧。玛尔吉娅一定等着牛奶呢。”

叶森家的长子还站在那里，拉乌拉还是说，去吧，快去。

叶森家的长子就推了车，又上了土路。自行车驮了三十公斤牛奶，在土路上颠，他的心情就像这车颠，心里很不是滋味。

回到农家乐，他的心情一直不能太平静。而且，那天晚上，玛尔吉娅喝多了酒，坐在塑料棚前的那棵有镜子的树下伤心地哭。大家也不敢劝她。他也不敢劝她。她很愤怒，还动手打了她的小儿子。小儿子被几个女服务生带到一边去，好不容易才哄睡着。叶森家的长子问做饭的小伙子，她经常这样吗？小伙子说，也不是的，偶尔有，但不像今天这样。叶森家的长子问究竟出了什么事，小伙子说，大概是那个叫阿克峻的客人，喝多了酒，对她说了一些无礼的话。

叶森家的长子就不再问什么了。他心里比较乱，还理不清头绪。

叶森家的长子媳妇像往常那样开始傍晚的活计。所不同的是，今天有小叔子帮忙，生活中悄然地多了一点人气，那股令她感到一阵一阵沮丧的愁绪也好像淡了些。挤牛奶的当儿，她心里甚至还闪过一些否定自己的想法。比如说，自己真是小心眼儿，莫名其妙吃人家玛尔吉娅的醋，实在是没有什么意思。她想以后，再也不胡思乱想了，就让丈夫跟玛尔吉娅合伙一段时间，哪天，等他学会了做生意，她跟着他干就是了。让他去吧！让他去！但想到丈夫跟玛尔吉娅谈合同时，那毡房的租金确实说得太便宜了，叶森家长子媳妇的心中便又不是滋味了，这不是明摆着丈夫胳膊肘子朝外拐嘛！那么，朝外的结果又意味着什么呢？这笔账一定要算清不可。于是，她心里开始演绎今天晚上如何盘问他的一些具体的措辞和适宜的时间来。叶森家的长子媳妇就是这样一个人。一件事情会翻过来覆过去地想。

叔嫂俩挤完了牛奶，就把那只叫了一星期的山羊宰掉了。是小叔子杰恩斯动的刀，这孩子长这么大，还是第一次结果一条活物的性命。山羊本来就爱叫，让他动手宰，可是把个黄昏的院子翻了个底朝天。叶森家的长子媳妇就笑说："这只苦命山羊死得够难过的。"

那以后，天色就很晚了。嫂嫂吩咐小叔子把羊头和羊蹄子烤一烤。小叔子说，还是等大哥回来后让他烤吧，叶森家的长子媳妇就想，看来今天这只羊头是烤不成了，自然也就没有必要煮肉吃，况且，她丈夫一定会在玛尔吉娅那里吃了晚饭回家。她让小叔子把羊皮挂在鸡舍那边的一堆柴禾上，又把没有解肢的山羊肉放在晾房的案子上，然后她就去晾房的小菜园子里摘了一个茄子、两个辣椒，外加几个西红柿，炒了菜，烧了茶，当然，还把牛奶烧了，兑了奶茶，和小叔子坐在一起看电视，喝了茶。后来小叔子就去睡了。叶森家的长子媳妇又做了一些杂活儿，她的丈夫才回到家里。

丈夫回到家，也不多说话。这个生性不爱讲话的人，跟别人不说话，跟日夜相伴的妻子好像也没有太多的话要说。他们已经把话都说完了。他总不能把白天看到玛尔吉娅儿子头顶上落了一只红蜘蛛，晚上他去拉乌拉那里帮玛尔吉娅买牛奶，或者玛尔吉娅的毡房里来了马纳特之类的事儿都拿来给妻子说吧。当然，玛尔吉娅买了微波炉的事情，也不好说，那是人家玛尔吉娅的事，跟他没有任何关系。他在玛尔吉娅那儿的事，就是打个伙租毡房，再就是租租马，帮玛尔吉娅打打下手。仅此而已。在他看来，那些事儿根本不是什么事儿。

丈夫回得家来，叶森家的长子媳妇还是问他要不要喝茶，要不要吃饭。丈夫都回应说不吃了，也不喝了，他只想躺下休息。叶森家的长子媳妇也不说什么。她只是帮丈夫弄了些热水，让他洗了脚，洗了头，然后躺下了。当然，躺下之前，他还是问了她一些有关小弟杰恩斯的情况，她一一做了回答。叶森家的长子就有些焦虑地嘟哝说："这个孩子，真让人操心啊。”

然后，他就躺下了。

叶森家的长子媳妇也洗了脸，脱了衣服，钻进丈夫的被子里。她原想把手放在他的脸上，摸摸那张总是有过多油脂的脸，还有那硬硬的胡茬，但是，她突然觉得这个人有点儿陌生。事实上，她想跟他说说话。她碰碰他的胳膊，他问有什么事吗？

她就说：“热合曼今天来过。”

他说：“他来干什么？”

她说：“要钱。”

他问：“要什么钱？”

她说：“牛钱。”

他就说：“给他就是了。”

然后，他就不再说话了，像梦呓一样，呼呼睡了。叶森家的长子媳妇还想跟他说话。她想对他说拉乌拉家的那几头高产的奶牛，想说他们两个人一起去大地方，看大医院，再看看医生，兴许医生会有办法让他们生个孩子，她还想问问玛尔吉娅新开的毡房那边的事，比如玛尔吉娅把他们家的毡房折腾成什么样子了；有没有把毡子拿到小河边上打打干净；有没有把他们家毡房里的绣毡绣壁都挂上；毡房里都添了些什么样的家什；玛尔吉娅是个什么样的女人，好不好说话，会不会干活儿……还有就是她最想问的，玛尔吉娅是不是给了他们太低的房租。她想问的太多，但丈夫已经睡着了，确实已经睡着了，鼾声雷动。

外边好像下雨了。不是好像，是真的下雨了。只是下得很小，毛毛点点。空气已经变得潮湿。白天那些狗狗虫虫们都已经躲起来了，有的在屋檐下，有的在草叶下，有的在茶园子里，它们都睁着大眼，看着这个被雨声充斥的世界。云就在它们的头顶上，很低很低。雷声在远方响动。那雷声不会到这边来。它是在远方，可能会沿着沙漠边缘的红色山丘远去，因为那是雷们经常走的路，偶尔会到这边来。此刻，叶森家的牛，叶森家的马，叶森家的院子，叶森家的庄稼地，以及叶森家的长子媳妇都听着那远远的雷声。当然，只有叶森家的长子媳妇，在这黑夜里发出了一声深深的叹息，这个世界真是有太多的难处，让大家都瘸着一条腿走：她有丈夫，玛尔吉娅却没有丈夫；玛尔吉娅有孩子，她却没有孩子；玛尔吉娅要走出去，她却想守着家；热合曼追着她和丈夫要牛钱，她和丈夫却把一顶毡房便宜租给别人去赚钱；公公叶森要让小弟弟杰恩斯去读书，混个人样，他却整天东跑西颠，没有事儿干……她不知道，明天的一切又将会怎样。也许，明年，她不再把毡房租给玛尔吉娅，而是她自己来干，让玛尔吉娅来给她当下手。不知道，没有人知道明天的事，更没有人知道明年的事。

叶森家的长子媳妇这样想着想着，看着窗外的雨夜。雨好像要停了，又好像要下了。

新 娘

他们是从那边的台地上过来的。就是那边！从乌伦布拉克向阿克赛沟下来的那块台地上！听人说，台地那边有一块平地，再那边有一座叫叶布的大红山，再往那边，一直朝西北去，就是清河县了。清河县大概在二百公里远的地方。那里有一条河，叫清河。他们就是骑着马从那个有河的地方来的。

我们看见他们的时候，他们的身影就在横过天际的台地上边，头顶是无限的蓝天，就好像他们刚刚从天空中下来，小小的身影，踏着地面上海市蜃楼般的紫气，时而浮起，变成横线，时而又像被风吹起的蒲公英花絮，消失在山冈下，又飘上天际。几只高空的老鹰，向他们俯冲下去，又高高地蹿向空中，然后，牧狗就愤怒地向他们冲去。牧狗黑色的、白色的、橘黄色的身影像海蛇一样向前。

然后，我们就快乐地跑下小岗，冲向身后的几排平房。空气里有松枝燃烧的清香在弥漫，夹杂着炸油果子的油腻的气味。我们快乐地跑下小岗，让风吹起我们的头发。其实我们并不知道我们的快乐从何而来，但却就那么快乐着。就像那群狗，不知道为什么会愤怒一样。老人们常讲：晴天刮大风，狗和孩子一起疯！我们的快乐原本就是没有道理的事情，而该高兴的人，本该是那个要娶新娘的人！他是个年近四十，却一直没有婚娶的人。但是，那天却成了村里的狗和孩子们的节日。

她实在算不上一个漂亮的新娘。脸有点圆，皮肤有点黑，颧骨有点红，嘴唇有点厚，鼻子上多了点儿肉，但一双眼睛却黑得像玻璃球。只是，她跟着送她来的人从马背上下来时，并没有人看清她这张脸。因为她的头被一块流苏的盖头蒙着。她准备下马，就有几个女人小心把她从马背上扶下来。直到这个时候，村里那群狗还在叫。一条“四只眼”的黑狗，被愤怒冲红了眼睛，松垮垮的狗脸时怒时静，就好像一个恨自己没有尽到责任的人。有人骂骂咧咧把它支开去，大概是在说：行了，你这条多事的狗，走开，你已经够卖力够用心了。没有看见吗，你家来了新的女主人了。从今往后，你要好好地对待她，如果今天你得罪了她，那就当心往后她把你开掉，叫你去做一条流浪的狗！那黑狗就走开了，坐到屋后的一个小山包上，很无聊的样子。在离它不远的地方，是一个不高的“稻草人”。“稻草人”原本不是稻草做的，而是木头做的，穿着一件旧皮袄，系着一方白头巾。袖口上挂着两个空铁盒。我们知道，那是军用铁盒子，绿色的，掉了漆，生了锈，像一个人扭曲的记忆。常常在风刮来的时候，发出空空荡荡的声响。

我们真正看到新娘不够漂亮，是在她到来的第二天。她由几个女人陪着去方便。在那之前，我们只看见了他们的马，还有一个约七岁大的男孩儿。

男孩儿很好看。大大的眼睛，健康的皮肤，厚厚的刘海，一根小辫，穿着一件小坎肩，是黑条绒质料的，胸口和背上挂着饰物。在跟我们接触之前，他看起来比一个新娘更加羞涩，总是躲在一个老大妈的身后，或一个老大爷的身后。老大妈应该是他的奶奶，而老大爷，应该是他的叔伯。我们不知道他爷爷是不是还健在，但知道送闺女出阁这样的事，做父亲的一定不会来。送女儿出阁是母亲的事。而他就躲在大概是奶奶的那个老夫人的身后。

他们到来的那一天里，宾客之间彬彬有礼。牧人天生的优雅，让我们感觉到了他们的尊贵。大家围在一起坐定，做过祷告，然后，宾主用餐。没有人大声说话，没有人在给客人递过茶碗去的时候，让碗或勺发出声响。没有人会在喝茶的时候，让嘴皮碰着茶水发出声响，更没有人会在嚼馕的时候，发出吞咽的声响。有人说了一句调侃的话，大家就抿嘴而笑。这是一个庄严的场合。

那个小男孩儿就躲在他奶奶的身边，优雅地端起碗，把茶送进嘴边，吹过，然后，轻轻地咽下去，那感觉，就好像他咽下的不是茶，而是琼浆玉液。他奶奶就帮他捋一捋那缕厚厚的刘海。就有人说：瞧，这是一个多么了不起的小男人，陪着奶奶，骑着马，走了二百三十公里的长路，送姑姑出嫁。天哪，这有多了不起呀。顶天立地嘛。二百三十多公里呀。一个大人都受不了。

有人问，亲家是不是在路上野营过。那一起来的叔伯就说，住了的，住在叶布山下。就有人说，这么远的路，哪能不住呢。一匹马，一天也就走一百公里。马也是人嘛。不让人家休息休息，了得的嘛！况且，马背上的人也是肉身做的。

就有人问那个小男孩儿，孩子，住在叶布山下的时候，你有没有害怕？

小男孩儿摇头。

有人说，怕什么呢？

先前那个人说，怕匪人呀！

什么匪人？

嗨！咱这山过去可是闹匪的地方。

大家就不说话了。说这话的人明摆着是没有眼色的，无事生非。人家嫁了姑娘远道而来，扯什么匪不匪的事？

宾主依然优雅着，静静地品茶、吃饼，无声地咽下嘴里的食物。有人就又打破沉默：不管怎么说，这个小男子汉是值得称道的。七岁呀，远道送姑姑。那做姑姑的，定是要感激一辈子的。

然后，待客的大餐就递上席来。主人把一只硕大的羊头放在大盘里，毕恭毕敬放在大餐巾上，且把羊脸对着了老太太。老太太就又把羊脸对着了来自她家大帐的叔伯。我们知道，那是在说，叔伯是男人，是大帐里来的人，最高礼遇应该是对着他的。

然后，大家就捧起了手，做了祷告。无非是要感谢生活对人们的恩赐，求老天保佑天下人远离灾难，远离病症，远离战争，远离瘟疫，并祈求老天赐给两个年轻人幸福，让他们家基稳固，牲畜满圈，让他们身体健康，生儿育女。然后，大家抹了脸，把安拉的圣光全抹到脸上去。再然后，来自大帐的叔伯就从羊头右腮割一块肉，递给主家的男主人，第二块给女主人，第三块递给新娘的母亲，第四刀，割了羊的耳朵，给了那个小男孩儿。准确地讲，这是在大家的一再要求下赐给他的。大家说，把羊耳朵给这位尊贵的小客人吧。他年龄虽小，却是一个了不起的亲家。哈萨克有老话说：远道来了七岁客，七旬老汉迎驾乐！他恰好就是一个七岁的客人。就是全村人出动为他接驾，也是理所应当的事。

然后，那个小男孩儿就把那只羊耳朵轻轻送到嘴边，咬下一层滑嫩的外皮，轻轻地嚼过，然后咽下，又咬，又嚼，又咽，一两分钟之后，把吃得像白纸一样干净的羊耳脆骨，轻轻放在餐巾的一角。

这期间，大人们还在说他是一个男子汉，打那么老远的来，就为送姑姑出嫁，一个小小的孩子，走在路上，可能会在马背上打盹。就有人问客家，这孩子是跟大人骑一匹呢，还是他自己一个人骑一匹？客家有人回答说，是他自己骑马来的。一匹青色的大马，是他父亲的马。问话的人就大加赞赏，向那男孩子点头，并向他竖起拇指，以鼓励的口气跟小男孩儿说话，说：吃吧，孩子吃吧，你真是个小英雄。

就有不大有眼色的人说，这有什么呢？哈萨克人搬家转场，像他这样的孩子，一个顶一个呢。一群牲口，几百公里，交给他们就是了，准保一个都少不了。甚至可以让这些孩子骑光板马就行。所谓“马耳朵上的孩儿娃”，指的就是这般大的孩子。他们原本就像附着在马耳朵上的小精灵。

客家那边有人说，是的，小孩子是不能小看的，听说，半岁的孩子，能捏死蛇。

大家愕然。此话怎么讲呢？

客家那人笑说，你们没有发现吗，婴儿的手通常只有两种状态，要么放松，要么紧攥，而攥紧的时候要多得多。他听老人们讲，过去有过这样的事，蛇爬进了一张小摇床里去，而小摇床里恰有刚睡醒的小孩子，小孩子的手碰着了蛇，以为是妈妈要喂奶了，一高兴就攥了蛇，可妈妈不喂奶，小孩子气，大哭，越哭气越大，那蛇就被勒得半死。等小孩的妈照顾完牲口回来，给孩子喂奶，却看见宝宝手里攥着一条死蛇。

大家就越发惊奇了。就都去看那个七岁的小男孩儿。而七岁的小男孩儿，已经吃完了那只羊耳朵，端坐在奶奶身边，像个高贵的绅士。奶奶就从大盘里捡了一块羊肉，放在他手上，小孩子就吃起来。奶奶说吃吧，孩子，吃吧，你饿了。等一会儿吃好了，出去跟孩子们玩儿。去陪陪你姑姑，也许，她正难受着。小男孩儿就点点头。

然后，大人们就说了别的话题。诸如，今年清河那边是不是风调雨顺？夏牧场草是不是很强劲？牲口膘情好不好？

这期间，我们一直趴在人家的窗台子上。有燕子的小窝在我们头顶的屋檐上，燕子飞进飞出，很忙，很忙。它的孩子们叽叽地叫。

事实上，就在小男孩儿的奶奶吩咐小男孩儿去看看姑姑的时候，我们好像才想到，这看起来就像一次小小家宴一样的聚餐，是一场正正经经的婚礼。新娘应该在另一间屋里。准确地讲，坐在邻居家里。因为一个出嫁的姑娘是不好跟众人一起用餐的。那屋里只要有一些女人陪着她就很好了，她们大多是从清河那边来的，年龄都不算太大，应该是新娘的嫂嫂。嫂嫂是过来人，说什么，都应该是新娘最贴心的人。所以，嫂嫂要陪着她。当然，这任务，也就是陪到把姑娘送到婆家就结束了。那以后，新娘自己也要给什么人做嫂嫂了。

那么，那些没来参加婚礼的人都哪去了呢？我们说不清楚。或许，大家都去了夏牧场，或者都下了油菜地里去，这是收获油菜的季节。油菜地，就在乌伦布拉克那边——那块从山地向洼地俯冲下去的巨大的平地上。拔油菜的人们，像小虫子一样渗在油菜地里。事实上，在夏牧场上，人们也像小虫子一样，渗进夏牧场的草丛里。当人们都变得像小虫子一样的时候，自然就看不见几个了，自然，也就有了这简朴的婚礼。当然，白沟里的人，只要是在家的，都已经在这里了。毕竟，人家娶媳妇是一件大事。谁家都要遇上这样的大事。只是，这大事，在我的童年，有些平静了。我也说不清楚是为什么。

我们当然还隐隐约约记得那个当新郎的人，一直在默默地干活。羊是他宰的。火是他架的。水是他挑来的。客人们的马，是他放到草地上去的。他一直在干活，身影没在烟雾中。我甚至没有记住他的脸。就好像，他是一个梦中之人。似是而非。

然后，新娘的嫂子陪着她从邻居家土屋里走出来了，身边跟着几位本地的姑娘或少妇。大家都腼腆着脸，好像结婚是一件很令人难为情的事。新娘的脸，多半被头巾遮着。我还记着她身后的姑娘们走过我身旁时，阳光洒在她们的头发上，映得发丝发出一圈一圈的光，像皇帝龙袍下摆的水波纹。她们就走过去了，向远处的一块洼地走去。那边是给人方便的地方。我们也跟上去。村里的那几条狗就又叫上了。只是，它们都躲得很远，在那边的山头上，那叫声，好像只是为了报个到，一点都不负责任的那种。倒是主人家的那条黑狗，还在那个稻草人下。它的下颌，抵着它的两条前蹄。它虽然没有动地方，但一定是动了它那松垮垮的脸，还有那双狗耳朵。是的，一定是这样！感谢真主！它最好不要叫！不要动怒！不要从那里冲下来！

却见那个小男孩儿出现在大人们刚才用餐的那间大屋子门前。

然后，就听他叫了一声：“姑姑！”

新娘就停下脚步。回头。我们这才看清她那张并不算很漂亮的脸。于是，就见一汪爱怜在她的目光里迅速闪过，她从胸腔里发出了一声轻轻的抽泣，然后，那个小男孩儿就向这边冲过来，像一只找到了母亲的羔羊。新娘就蹲下了。与此同时，小男孩儿已经跑近了她，他们两个人就拥在一起。站在旁边的姑娘和少妇就泪湿了脸。我看见新娘的头巾一点一点从她的头顶上滑下。先是头发的分印，是白而干净的一线头皮，黑发向两边劈开，然后是一对儿又黑又粗的大辫子。大辫子顺溜地贴着细腰。细腰处有一个半拃长的腰襻，两粒红色的扣子。那辫中，还编着几根彩色的布条，布条扎紧了辫梢，辫梢的末端还挂着两枚银圆。银圆随新娘的哭泣颤抖。

突然，那狗叫起来。我回头，看见狗站在稻草人旁。又叫了一声。只一声。然后，停下了。它已经站起来了。但没有动地方。也没有再卧下。一直站着。偶尔四周顾盼。

新娘还在抽泣，拼了命地亲小男孩儿的脸。

新娘的嫂嫂就捅了捅新娘的肩，又帮她拿起丢在地上的大披巾。嫂嫂又捣了两下新娘，这一次，动作比上一次要狠。我们感觉到了，她是在提醒新娘差不多就行了，谁家姑娘不嫁人，哪有像你这样哭个没有完了的，又没有死人，对不对？

新娘就不哭了。披上披巾。

这个时候的小男孩儿，其实像在云雾里，一双迷茫的眼，看着伤心的姑姑。姑姑的泪眼，就近在他眼前。而他根本不知道该给姑姑说些什么。姑姑说什么，他只顾一味地点头。比如，好好照顾爷爷奶奶，看好家里的牲口，自己要好好长大之类的话，他都一味地点头。像一个极其听话的好孩子。一定是羊耳朵吃多了的那种。大人们讲，给孩子吃羊耳朵，是为了让他们多听大人的吩咐。那他们的愿望一定是实现了。我们是一群听话的孩子。

然后，新娘的嫂嫂就吩咐我们中一个年龄稍大的孩子说，别让你们的客人感到寂寞。我们就看了一眼小男孩儿，小男孩儿也看了我们一眼。我看见了他的小坎肩上一个黄色的玛瑙石，一块绿松石，还有几粒扣子。扣子完全是用来装点衣服的。他的脸很红，是被紫外线晒红的那种。我想，当时，我应该想到，他和他的姑姑骑马，刚走过二百三十公里的路，那是被路上的太阳晒过的红斑。他姑姑脸上的红晕，也应该是被路上的太阳晒红的。

那应该是几天以后的事。小男孩儿要跟着家人回清河去。这期间，他们像走马灯一样，被白沟里的人家请了家去吃饭。大概有近十多只羊为他们做了牺牲，当然也来过我们家。一次跟一次一模一样。一样上茶，上肉，把羊头对着小男孩的奶奶，小男孩儿的奶奶又把羊头对准来自她家大帐的叔伯。然后，叔伯割羊头，割下羊的右脸，又割下羊的左脸，并把一只耳朵给那个小男孩儿。而每一次，人们都要夸奖小男孩儿的大无畏的气概。因为他一个人骑着父亲的马，送姑姑远嫁。现在，又要一个人骑着马，再走过那二百三十公里的路。来时，陪着伤心的姑姑，去时，陪着伤心的奶奶。来回将近五百公里的路！

那天，我们看见新娘戴了一块淡蓝色的方头巾，像一位真正的女穆斯林。她额头上别着一串别针，别针上串着玛瑙，像皇冠上的珍珠那样垂下来。没有人知道，这是她什么时候别上去的。反正，那天，第一眼看到她的人，都看见了那一串美丽的玛瑙。是那种豌豆大的玛瑙。有黄的，有红的，好像还有发黑的那种。

马匹都已经鞴好了。那是新郎鞴好的。他早早从草地上牵来了那些牲口，帮它们打理过皮毛。然后把鞍具一个一个放到马背上。只是，马肚带还没有扎实。那是鞴马的最后一道程序，要在骑马的人上马前最后一刻扎紧。所以，马们都还没有要上路的感觉。有的马把后跟儿放松了，稍息。有的马不住地用尾巴打掉骚扰它们的牛蝇。那天，从清河来的马，都已经鞴好了，唯有新娘的枣红马，还在近几百米远的一片芨芨草丛里。它的前蹄已经上了绊锁。它发出嘶鸣声，一跳一跳向前。每一次跳起的时候，那长长的黑色的马鬃，就高高地甩起来，又落下。

新郎也鞴好了自己的马。他要送岳母他们一程。也许，要送到乌伦布拉克那边，或者，靠近红叶布山的某个地方。至少一百公里的地方。这是他的义务。哪有留下了人家的姑娘，然后让人家自己回去的道理。他是一定要送一程的。

客人们要早早地上路，白沟里的人都来了。差不多还是那天迎了他们来的那群人。可笑的是，那天的狗们很安静。它们好像忘记了自己要做的事情。或许，它们去了什么地方抓山鸡。但主人家的那条黑狗没有离开。它在门前走来走去，好像一个无意间路过的人。一会儿回来了，依然像一个无意间路过的人。那天，它的耳朵一直耷拉着。那张松垮垮的狗脸，拉得很长很长。

我们没有进屋，我们也没有再趴在窗户上，我们一直在门外，差不多也像那条狗一样，走来走去。孩子果然和狗是一样的吗？

就见屋里的人们一个一个走出来。新郎走向了那些马，一匹马一匹马扎紧了马肚带。每扎紧一匹马的时候，那马就要禁不住疼痛，抽下肚皮，或者用它们的马尾打一下扎马肚带的人。再然后，新郎就把岳母大人们的东西放到各自的马鞍后桥上，扎紧。那些东西，差不多都是新郎家送给亲家的礼物，有花毡、大衣，及一些路上扎营用的东西和吃的喝的。

这个时候，可怜的新娘已经和她的母亲，还有她的嫂嫂哭成了泪人。这一回，她应该是要真的离开她的家人了。她们的眼里有泪，嘴里却唱着歌。

我们听不清楚。新娘的脸埋在母亲的脖子下，母亲的脸埋在新娘的脖子下。嫂嫂和小姑子，也如法炮制。各自埋在对方的脖子下，且有头巾捂着，只有她们自己知道她们在唱一些什么。我们听不懂她们的话。

却听邻居的老太太说：

是的，是的，我们懂了，但是，我们无能为力。何曾有人要狠心拆散天下母女。男大当婚，女大当嫁，古往今来，天经地义。

是的，是的，我们懂了。从此亲人相隔千里。红色的大叶布山，黑色的大戈壁，将阻断亲人的联系。父亲的衣服脏了，女儿无法帮他洗；母亲病了，女儿无法帮妈妈拍拍肩膀揉揉膝。父亲和母亲想女儿了，却再也走不得那茫茫大戈壁。

是的，是的，我们懂了。亲家母，你就放心去。安心把女儿放在这里。我们不会让她受气，我们会拿她当自己家的儿女。愿真主给她一个好身体，给她一辈子好福气。有空的时候，她会去看望你。路再远，大戈壁再漫无边际，你女儿一定会尽儿女的心意。我们只求天地平安，人畜远离病害瘟疫……

老话说，活水也有截流的时候！新娘的哭泣弱下来。有人扶着新娘来到小男孩儿身边。新娘的泪眼看见了站在她面前的小男人。我们以为新娘又要哭了，但是，新娘脸上却露出了笑容。这让我们感到万分惊奇。因为，准确地讲，她那笑容里带着自嘲，好像在说，瞧，我真没有出息，在你们走的时候，哭成这个样子，让你们怎么好上路？我真没有用。她就又自嘲地笑了一下，然后，像前一次一样，蹲在小男孩儿的面前，定定地看着她哥哥的孩子——这个将来有可能继续她娘家大帐的香火的小孩子。她闭了一下眼睛，鼓励地看着他，说：

“好好长大！我们的阿扎玛特。你一定要好好长大。长成一个像阿勒帕木斯那样的好汉，像雄狮一样的威猛，像老虎一样的刚毅，像白肩鹰一样的强劲，像小松鼠一样的机敏。好好长大，我们的阿扎玛特！你将来就是咱家大帐的支撑，一定要照顾好爷爷奶奶。好好长大，我们的阿扎玛特，姑姑一定会想你，姑姑一定会去看你们。”

那大概是我第一次这样听一个人讲话，好像躲在收音机里，捂着嘴跟人说话。很陌生，很遥远。

但是，人却活生生在眼前。

然后，就见新娘在小男孩儿的额头上亲了一下，从自己的辫梢上摘下一枚银圆，用别针别在小男孩儿的小坎肩上。新娘走过来，把小男孩儿抱起来，放在那匹大青马的背上。

队伍就启程了。

大人们七嘴八舌，说着同一句话。离去的人，留下的人，七嘴八舌，说着同一句话——同一句人们说了几万年的话。

他们又向乌伦布拉克那边的台地走去了。如同海市蜃楼中的幻影，在紫气中上升，下降。主人家的那条狗不知什么时候跟上了它的男主人。像一只蚊子一样在那队人马旁，飞离，又靠近。

在我的印象里，人们的相逢与别离，总是杂乱的，像一堆突然混在一起的乱码。但是，也总有那么一些符号会深深地印在脑海里，比如问号、感叹号、句号之类。那天的新娘，在我的记忆中，除了她戴的那串玛瑙头饰，还有那张破涕为笑的脸，就是一个消失的符号。我忘了后来发生的事情。也许，她被留下来的人扶进了屋子里，然后她烧茶，与女邻居说话；也许，她直接拿起了门前一根扫帚；或者，去泉眼旁提水。我记不清楚了。倒是她骑来的那匹马，还在我的印象里。它是一匹漂亮的枣红色的马，绊着脚锁，在那片黄色的芨芨草丛里，一跳一跳地向前去。向着乌伦布拉克的方向。长长的绛红色的马鬃，像女人的秀发，在它跳起的时候，甩向右边，甩向左边。它一跳一跳地向着乌伦布拉克的方向前进。

是的，有一些符号，永远也不会变成乱码！那匹马，新娘的玛瑙头饰，那条黑狗，应该是上个世纪下半叶，我有幸看到的阿勒泰哈萨克克列部，最后的古老的婚嫁。这种感觉，就像人看见了星空里，一颗永远消逝的行星。

一个村庄的家

大家原本都是这么活的，没人说得上是老的先走，还是小的先死。这是老天的事。所以，不管什么人，最好谁都不要说大话，尤其不要像世界的主宰那样说大话，说自己能主宰时光。对天存一份敬畏吧，它比我们强大。不然，达吾肯的儿子怎么就走在了他老爸前头？二十五岁，人生十二朵花儿，只开了一朵，是因一个呼吸意外，就让花儿全部凋谢了。我们痛心的是，他是个多么好的孩子！像一只灵异的鸟儿，性情轻松快乐，尊敬老人，呵护小孩。求他做事，你这边话音还没有落下，他那边就已经上手、上心了，就好像他是你家的亲戚。偏偏这样的孩子，老天说拿走就拿走了。既然是老天要这么做，我们又能奈何得了什么。除了认命，没有选择。我们不能对老天苛求太多！不能！心怀敬畏，缅怀故人，好好生活，大概是我们能给逝者的最好的慰藉了！

好在这孩子的父亲也算是过来人。儿子走在了前边，虽然会令他感到绝望，但时间这东西，事过境迁，也就扛过去了。二十年前，他女人死的时候，我们都曾以为他多半扛不过去，但他不但扛住了，还拉扯大了儿子。人有狗命嘛！那些年，有人曾想过让他再娶个女人，但他没同意。理由很简单，没钱！他说他老婆生病时把家底都用掉了，还借了钱，那钱没还完，又欠了新的钱。因为那年山上牲口发口蹄疫，他家三头奶牛被送到黑山口那边，跟村里的病牛一起埋掉。这是真的。我们亲眼看见那三头牛，跟村里的病牛一起被赶到黑山沟打死，推下大坑，盖上白石灰。有人说，他家的黑奶牛死前曾哭别的死牛。那种事儿很诡异。县上虽然给过病牛的主人们一些补偿，但那又能解决多少事？像他这样的人家，男主人带着个男孩子，要读书、穿衣，活得跟有娘的孩子一样，日子怎么过，只有他们自己最清楚。那他也过来了。前年，他儿子读书毕业，回乡当了代课老师，教三十多个孩子，政府那边给他发点工资，加上他们多多少少有点家产，还了欠款，又养了新的奶牛，日子本该是往好里过了……让我们说什么好呢？

相信老天爷吧！

其实，相比之下，这孩子身后留下的那个未婚妻，好像更让我们感到不安。只是，究竟因什么不安，我们一时还说不清。按理说，一个没有过门儿的儿媳妇，连婚约都没有签，完全不该在我们的言谈之列！

那天，那孩子的遗体出殡的时候，我们看见她就站在人群里看着他的灵柩，那副可怜的样子，让人感到揪心。她的两条腿有小儿麻痹，走路很吃力，有人不小心挤了她，她就把身体全靠在墙上。她的未过门的身份，让我们对她左也不是，右也不是；她自己也是左也不是，右也不是。一个过了门儿的儿媳妇，本该坐在屋里哭丧的，而她不能！男人们把那孩子从屋里抬出来，放在地上，让他父亲坐在他身边，由毛拉做最后的祈祷，我们静静地围在那孩子的灵柩旁，听毛拉讲生说死，还有这孩子生前良好的为人。唯有那姑娘还站在窗前，眼里充满无望。然后，我们把那孩子放在灵柩架上，盖上丝毯，又放在灵车上！再然后，车轮动了，车身向前，我们中有人就听那姑娘低声地说："我的爱人，让我再看你一眼，再看你一眼，我的爱人啊，我的天！我将怎样面对即将到来的思念！"这像唱诗一样的话，就让我们心里感觉酸酸的。有人咽下一口唾沫，又咽下一口唾沫！这是几天来，这家人最该发出的声音。我们还从来没有经历过这样一个没有哭声和挽歌的葬礼。都因为那孩子的老爸沉默着，未过门的儿媳又收敛着，压得我们喘不过气来。突然有了这么一句，我们的女人们就放声地哭起来了。

老话说，天下坏事四十个。坏了一个就接下一个，再下一个。这就好比迁徙路上，死了一头骆驼，又死了一头骆驼，然后是第三头、第四头……可怜的姑娘，这些年，她的“骆驼”不知已经死了多少头了。老话讲不是一家人，不进一家门。她的命，还真的跟她未婚夫的命像到了一起去！她两岁上得了小儿麻痹，坏了两条腿，十二岁上，死了父亲，十三岁上，死了母亲。人说，她妈和她爸太过恩爱，一个走了，另一个跟走了，就像秋天的枯叶，掉下一片，另一片也会跟着掉下来。究竟为什么，我们也说不清楚。尽管她娘临终前对这个残疾的女儿留了太多的挂念，那又有什么用？她的心因丈夫的故去枯掉了，生命已经没有意义了。早听人说，世上最怕两个人把心拴得太死！不然，她娘怎么就不想想，她自己去找了丈夫，身后留下个残疾闺女该如何受活？这对夫妻，一个做农民，一个做牧民，先后走了，除了半坡土豆地和几头牲口，还有土坯房，什么也没给女儿留下。就那几头牲口，还为他们两个人办了丧。

姑娘的额头像盐碱地，旱天，碱尘满天；雨天，咸水死潭，哪能长出好庄稼。我们原本都指望她跟那个知根知底、知苦知甜的孩子拉个手，外加他们各自都有中专学历，一个在村里当个民办教师，一个在村委会当个会计，过好日子，应该不成问题。他们是村里的文化人，他们的经历让我们心怀敬畏，他们的努力，是我们的榜样，所以，我们早就把他们曾有的苦难，当作村外那片不大的芨芨草滩，在我们的记忆里，有它没它，全无干系。

他们是相爱的，这点我们确信不疑。我们还相信，只要他们两个相好，姑娘腿上的残疾，实在就算不得什么了。不就是腿不好使嘛！她能走，能挤奶牛，能烧茶、洗衣、带孩子，日子自然能过得像平常人家的一样好。

姑娘邻居家的哈丽娅大妈说，前些日子，他们两个人正悄悄准备结婚的事呢。哈丽娅大妈说，他们去城里买东西，坐在一家小店里吃饭的时候，那孩子还开玩笑说，他这一辈子就娶定了这个瘸了犄角的小奶牛，瘸腿的奶牛好豢养！

但这一切，怎么就会在一夜之间，因为那个孩子的英年早逝，变了味道！我们眼睁睁看着村里多了一个孤独的老头，多了一个可怜的姑娘。他们俩都不再有什么亲人。除了我们。

人已经没有了，说什么也不会回来了。下面要做的事，是怎么安排好老人和姑娘。前边不是说过了吗，老人的事情怎么都好说。听老爷子自己说，他有一个远房亲戚愿意照顾他，大概是要帮他找个老伴儿什么的。那敢情好，我们等着就是了。

难的是这个残疾的姑娘。

没有人知道她将来该怎么办？谁做她的主？

交给她家老邻居哈丽娅大妈？好像说不太过去。这么多年来，人家哈丽娅大妈已经为她操了不少心。当年，她爹娘先后去世，都是大妈操心帮忙料理的后事。姑娘跟那孩子准备结婚的事，大妈也帮着操了不少心。虽说他们两家是老邻居，但毕竟非亲非故，况且大妈自己还有一堆孩子需要操心。总让人家操心这，又操心那，哪里有个尽头。

交给村委会？这怎么说呢。村委会是公家，管公家的事，我们总不能把什么事都交给村委会去管。村委会可以管的，我们去找，管不了的，找也没有用。况且有些事，人家村委会根本就不好管。姑娘嫁谁的事儿，就不好找村委会了。事实上，村委会那边早已经在管着她了。她是村里少有的几个低保户之一，她父亲和母亲留下的耕地和草场，村里先后几轮土地承包，都给她留着了。

那问问姑娘自己，今后该怎么过！可怜的孩子，这个时候她哪还有什么主意呀。听说那孩子去世的第二天，有人去找她，她躺在床上不敢睁眼。说来也是，石头从山顶落下来，负重的是那块地！灾难落谁身上，都不容易。再别说她是残疾人！是孤儿！偏偏爱上个英年早逝的主儿！人的一辈子四十个坏运气，都这么眷顾她，我们一点办法都没有。

唉，伤痛的事，对谁都一样，要交给时间去忘掉。或许是几年，抑或一辈子。对这种命苦的孩子来说，一辈子的等待，完全可能。

村里有人说他们从姑娘那里得到话讲，她要守那孩子的亡灵，此生不嫁人。就为那个孩子在这么多的人中，选择了她这样一个腿脚不灵的人，她也要厮守下去。她还说，她要在那孩子的四十祭过后，就自己过门到他家里去，照顾他可怜的父亲。说，此生做不得老人的儿媳，也要做得老人的闺女。

可怜的孩子，这明摆着是在说傻话。那怎么可能？即便有可能，我们也不会让她这么做。倒不是因为一个老鳏夫，会端不住长者的风范，对姑娘做伤风败俗的事儿。真主原谅我们这么去想象他这样一个可悲的人！真主原谅我们！

但是，让这样的两个人在一起生活，又有谁能看得过去？不妨让我们都想象一下他们在一起生活会是什么样子？让姑娘去那孩子家，她的身份该怎么说？儿媳显然不可能了。就是依着姑娘的性子，村委会也不会给她开结婚证，再别说老人也坚决不会同意。他已经让我们捎话给姑娘，让她别再瞎折腾了，死了的，断当是死了。死了就是没有了。死人怎么可能享受天伦？老人甚至对我们说：算了吧你们，别把我的日子当成电影看，哭哭笑笑，全靠编造！

那让她去做闺女？这倒是有点可能。但是，当我们把这话说给老人听，老人就摇头。做闺女，不一样也得嫁人，去过她自己的日子？那他又何必把她拴在他家里？这不明摆着多此一举？

事实上，我们知道，老爷子连自己的事情都管不好，根本不可能把别人家的闺女当成自己的闺女嫁出去。我们不怀疑他会有一颗好心。前面我们一直没有说，事实上，这老爷子是一个好喝酒的主。如果，他后半辈子能少喝点儿酒，给自己娶个年龄相仿的女子，照顾好他，那我们就十分感谢他了。那年发口蹄疫，他家的奶牛被拉去强埋，他喝得半死，不听畜牧局干部和防疫站干部的话，又喊又叫去抢他家的奶牛，掉进石灰坑里，险些把两只眼睛烧坏，多谢那些干部把他从石灰坑里拉出来，才保住了眼睛。这事儿不说就是了。最好，把它忘掉。

说来说去，我们最好在外乡给姑娘找个可靠的人家。虽然她现在执意不嫁人，要守亡灵一辈子，那都是孩子话。时间长点，她会面对现实。等这阵子过去后，只要外乡有合适的人家不嫌她腿脚不灵，我们就会派人过去探个话，然后请他们派个人来，看看咱们的姑娘。姑娘除了腿上有毛病，人还是长得很标志的。宽宽的额头，乌黑的头发，清晰的眉毛，黑色的眼睛，精致的鼻梁，红润的嘴唇，还有马腮般紧绷的腮和修长的脖子，怎么看都养眼。再别说，姑娘有的是好品质。吃苦耐劳，经受过磨难，又会挤奶做饭。这些足够她养活自己。我们倒是要看那想娶她为妻的人，能不能配得上她？只要不是一个又穷又懒，又大话连篇，动辄怪罪女人的家伙就行！

这话说起来容易，做起来难！难的是，除了姑娘自己的处境，还有她的家产！她家的房屋！她家的地！还有她家屋顶冒了二十多年的炊烟。毕竟，那曾经是我们村里一户人家！

女人固然要嫁人，只要寻求常人的活法，总要嫁人。这没有什么好说的。现在的问题是内嫁，还是外嫁？内嫁，就是嫁给我们村里的人，那她还是我们村里的人。无非是从村东头，嫁到村西头；或者从村西头，嫁到村东头。我们是一个村子里的人，只要是过了七代人，不沾血脉的男子，就能娶她作妻。这是最好的结果。我们自己也说不清楚这是为什么。我们很想她就留在我们村里。

让我们心里有些不好受的是，她一旦外嫁了，那她在村里的一切就要注销了。她家的房子，没有了她住，肯定要卖掉的。那房子还是当年她爹娘盖的。那土坯房说不上有多好，但总算还是冬暖夏凉，总还是能住人的。姑娘虽然腿脚不好，但每年开春时，她都会请人粉刷。那房子门窗好，院子大。种着的大葱、红萝卜、土豆，尽管长得不够茁壮，有点像她的那两条腿，但它们总是在生长。如果她走了，我们会感伤。

这些话，听起来，像在说梦话。说来也是，平常我们都忙自己的日子，谁还这样关心过别人的事。或许，过些日子，等那孩子的尸骨完全没土，他的音容笑貌完全被我们遗忘，这些梦话，真的就当梦话一样无足轻重了。我们会淡忘掉一个人的痛苦！

再别说，姑娘还有一块地和草场。那是她爹妈的地。二轮承包时，地名记在姑娘名下。虽然她还不到法定年龄，但老村长还是在村民大会上说了话，提议把那些地的使用权直接划到姑娘的名下。老村长说："地是死的，时间是要变的，人是会长大的，等姑娘长大了，地就是她的了。"老村长的话，那些年曾经是我们茶余饭后的笑谈。他的话多好笑啊！说得就像人总是要死的一样实在！人本来就是要死的嘛。但不知老村长当年在说这话的时候有没有想到，时间会变，事情也会变。今天的事情，就不是过去的事情了。谁会想到，等待姑娘的是这样的命运。

人可以走，房子可以变卖，牲口可以跟着主人走，而那土地和草场的使用权，却有可能被村委会收回集体所有，或分给别人。这是顺理成章的，是合法的。我们村不是没有发生过这样的事儿。有人家的孩子长大了，进了城，不愿回家了，老人们又都死了，土地就被变通了，成了集体用地，或来了某个城里人，在那地上开了旅游点，盖了新房。然后，闹纠纷，打官司。我们一直搞不清楚，他们究竟在闹些什么，谁跟谁在闹，会闹出什么结果。反正他们总是在闹。而我们不愿意看见这样的事，闹到这姑娘身上。

她是个残疾人。谁知道她将来会摊上个什么样的人？得个什么样的归宿？老话讲：娘家有福，不是福；嫁到婆家，才算数！这话怎么讲？不就是说，姑娘在娘家的那点福分长不了。如果摊个好人家，就有了福了。不然，摊上个不懂事的，好吃懒做的，生性暴躁的，心眼儿小的，或者爱喝酒的，她哪里享福去？我们村里不是没有这种人。人家的闺女嫁过来时像秋天的红苹果，果实饱满，还有香气。但几年工夫，一个好端端的闺女，就被折磨得脸色发黄，皮包骨头，像老牛背上的老鞍桥子，稍稍用力，就要散架。

姑娘的事儿，实在让我们越想越觉得心里没底儿。也许，我们该到村委会去，给书记和村长说说，把姑娘她家的地留下。万一哪天她要回来了，即便没了房子，还有地！可是这事儿谈何容易！没有这种先例。再别说现在到处人口暴涨，牲口过剩，土地草场紧缺，怎么好给政府提不合理的要求。

话是不是扯得太远了，还是想想眼前的事儿。那孩子刚下葬，往后办头七、四十、年祭都得花钱。头七至少得祭一头牛或一匹马。这事儿很重要。这孩子年纪轻轻就走了，远近前来奔丧的人，肯定不会少。人家来了，我们总不能让人喝口冷水就走。可是老爷子没有几个钱。他家十几只羊，宰掉几只，还得留下一些给他自己用。毕竟他还要继续生活。姑娘那边也没有什么牲口。这些年她的收入差不多都靠外包她家的地和一点低保。十年前，村委会帮忙找来人，把她家的十亩地以每亩一百元的价格，包给别人种玉米和大豆了。加上那点低保的收入，一年也就千儿八百元的收入，只够她自己生活。我们又怎么好看着没过门的姑娘，把那点家当都拿去给人办丧事？

其实，这事儿说起来也不难办。老人家经济不好，姑娘家条件不便，但我们总还是一个村子里的人，不会让外村人笑我们人情淡薄。这样吧！大家有钱的出钱，有力的出力。除了办后事掘墓、洗浴、殓衣之类的丧葬费用由老人自己负担外，其他的后事，就由我们来承担了。过头七，我们至少得考虑祭一头牛外加几只绵羊。现在一头牛市价三千五百元，一只羊千儿八百元，还有糖果、面食、茶叶，做抓饭用的油、米、胡萝卜之类的又是千儿八百元，来参加头七的人，远近三个乡，十几个村，少说也得来千儿八百人。这笔费用需要多少钱，想想我们心里就有数了。除外，还得有十几名妇女、十几个壮汉、村里的老人参与这事儿，我们才能把那孩子的后事办利落。

当然，这事儿看来还是离不开哈丽娅大妈操心呢。哈丽娅大妈是个多好的人，因为她那里总是有温暖的消息给我们。刚才，听哈丽娅大妈说，给那孩子过头七那天，将有一个年轻人来参加仪式。

我们问他是谁？

哈丽娅大妈说是那孩子的高中同学。

我们问他人从哪里来？

哈丽娅大妈说从镇上。

我们问他是做什么的？

哈丽娅大妈说是做生意的。

我们问做什么生意？

哈丽娅大妈说反正不害人，不坑人，不赌不抢不偷，不犯法。他有一辆车，大概跑运输。

我们问他家可有爹妈和家产？

哈丽娅大妈说不清楚他的家产，但知道他有好几个兄弟姐妹。老爹老妈身体不好。除外，还有一个患脑瘫的妹妹。

我们又问他来做什么？

哈丽娅大妈反问我们他能来干什么？参加同学的头七呗！哈丽娅大妈说她见过那个孩子。他曾经来找同学玩儿，说很喜欢我们村子的山和水。他说我们能生活在这里，一定是老天给我们的恩赐。

哈丽娅大妈的这些话听起来好像有点特别的意思。哈丽娅大妈说那个外乡的年轻人，有个患脑瘫的妹妹。也就是说，这个孩子一定知道生活的苦和生活的甜。而且，他要亲自来参加同学的头七……

哈丽娅大妈，那就让我们借您的吉言吧。我们想象着，那个孩子会来到我们村里，把同学身后留下的一切都承担起来。他的老父亲、未婚妻，还有家产。我们等待着老天也赐给他这份格外的礼遇。